CB073240

IN
COM
PLE
TA

jandaíra

GIOVANNA RIVERO

TERRA FRESCA DA SUA TUMBA

TRADUÇÃO | **LAURA DEL REY**
APRESENTAÇÃO | **CAROLA SAAVEDRA**
POSFÁCIO | **PALOMA FRANCA AMORIM**

Incompleta | Jandaíra

Contos de Giovanna Rivero
Coordenação editorial: Laura Del Rey e Lizandra Magon de Almeida
Tradução: Laura Del Rey
Apresentação: Carola Saavedra
Posfácio: Paloma Franca Amorim
Preparação de texto: Lizandra Magon de Almeida
Revisão [tradução]: Raquel Dommarco Pedrão
Revisão: Aline Caixeta Rodrigues
Capa e ilustração: Laura Del Rey
[4ª capa]: reprodução de detalhe de ambrótipo | fotografia gentilmente cedida por Roger Sassaki
Projeto gráfico e diagramação: Ângela Mendes
Catalogação: Ruth Simão Paulino
Agradecimentos: Carla Piazzi, Gabriela Aguerre, Miriam Marinotti

Este livro foi revisado segundo o Novo Acordo Ortográfico da Língua Portuguesa.

Dados Internacionais de Catalogação na Publicação – CIP

R621	Rivero, Giovanna
	Terra fresca da sua tumba / Giovanna Rivero. Tradução de Laura Del Rey. Apresentação de Carola Saavedra. Posfácio de Paloma Franca Amorim. – São Paulo: Incompleta; Jandaíra, 2021.
	192 p.
	Título original: Tierra Fresca De Su Tumba
	ISBN 978-65-88104-03-3
	1. Literatura Latino-americana. 2. Contos. 3. Literatura Boliviana. 4. Literatura Contemporânea. 5. Morte. I. Título. II. Peixe, tartaruga, urubu. III. Quando chove parece humano. IV. Mansidão. V. Socorro. VI. Pele de asno. VII. Irmão cervo. VIII. Del Rey, Laura, Tradutora. IX. Saavedra, Carola. X. Amorim, Paloma Franca. XI. Almeida, Lizandra Magon de. XII. Sassaki, Roger. XIII. Rodrigues, Aline Caixeta. XIV. Mendes, Ângela.
	CDU 821.134.2(82) CDD 860

Catalogação elaborada por Regina Simão Paulino – CRB-6/1154

Copyright © Giovanna Rivero, 2021.

Todos os direitos desta edição pertencem às editoras Incompleta Produção e Imagens Ltda. ME; e Jandaíra, uma marca da Pólen Produção Editorial Ltda., e estão protegidos pela lei nº 9.610, de 19.2.1998. É proibida a reprodução total ou parcial sem a expressa anuência das editoras.

Tierra fresca de su tumba foi publicado no idioma original na Argentina (Marciana, 2020); na Bolívia (El Cuervo, 2020); e na Espanha (Candaya, 2021). Alguns contos foram traduzidos para o italiano e incluídos no livro *Ricomporre amorevoli scheletri* (Gran Via, Itália, 2020).

07 NO SUBTERRÂNEO DA ALMA |
Apresentação por Carola Saavedra

13 Peixe, tartaruga, urubu

39 Quando chove parece humano

69 A mansidão

91 Socorro

119 Pele de asno

165 Irmão cervo

187 DA REZA E DA RUÍNA |
Posfácio por Paloma Franca Amorim

NO SUBTERRÂNEO DA ALMA
APRESENTAÇÃO | CAROLA SAAVEDRA

Dois gêneros permeiam *Terra fresca da sua tumba*, o terror e o fantástico, sem por isso defini-lo. Ao contrário, trata-se de uma obra cuja amplitude e força implode essas e outras classificações. Trata-se, antes de tudo, de um livro sobre aquilo que corre no subterrâneo da alma, da nossa própria humanidade, aquilo que tentamos a todo custo ignorar, esconder, fingir que não existe.

Mas Rivero nos arranca da calmaria tão bem construída do cotidiano, dos jardins organizados feito dobras de origami, e nos convida a afundar as mãos nessa terra sempre fresca, sempre sedutora. A morte? Sim, com certeza, a morte, nossa principal anfitriã. Mas não só ela, nesse mesmo lugar de onde nos espreita a morte, habitam também outras possibilidades: a loucura, o ódio, a vingança, o medo. E também – por que não? – a possibilidade mais profunda de amor. Esses fantasmas que a sociedade tenta domar a todo custo. Nosso fino verniz que a qualquer momento pode ruir, deixando exposta essa carne, essas entranhas do real.

Rivero nos pega pelo braço e nos obriga a ter coragem. Os contos são pura energia de vida (e morte). Como se estivéssemos diante de algo ao mesmo tempo simples e sagrado. O coração se acelera, cada vez mais, diante do abismo, da queda, do naufrágio. Há algo onírico e ao mesmo tempo real, sonho e pesadelo, como a própria vida que corre.

Giovanna Rivero nasceu na Bolívia, recebeu prêmios e é uma das principais vozes desse país. Em 2011, a Feira Internacional do Livro de Guadalajara a incluiu na lista dos "25 Segredos Literários Melhor Guardados da América Latina". E apesar de já não ser mais um segredo em grande parte do continente, talvez ainda o seja no Brasil.

Olhar para a literatura que está sendo feita em outros países da América Latina talvez nos revele não só algo sobre eles, mas, especialmente, sobre nós e sobre essa história em comum que nos constitui.

CAROLA SAAVEDRA é escritora e tradutora. Nasceu em Santiago do Chile e radicou-se no Brasil, onde vive desde os três anos. É autora de *Paisagem com dromedário*, *Às terças* e *Com armas sonolentas*, entre outros.

**TERRA
FRESCA DA
SUA TUMBA**

*Para Pablo, meu irmão mais novo,
que comeu sua própria sombra.*

**PEIXE,
TARTARUGA,
URUBU**

> *Mexer as sombras é o que se faz*
> *quando não é possível discernir o que*
> *o adversário está pensando.*
>
> Miyamoto Musashi

Conta mais, ela diz, aproximando dele o prato com tortillas, como se com essa massa morna e perfumada estivesse lhe pagando pelo relato.

Eu já te disse tudo, Amador suspira.

Disse que vocês bebiam aquele sangue. E você disse que meu filho não queria beber daquele sangue.

Era sangue coalhado, senhora, quase pior que a urina, sorri Amador com amargura.

Era isso ou tomar o próprio... Coitado do meu filho.

Amador pega uma tortilla e a corta com cuidado, quase com aquele gesto místico que os padres adotam na consagração do pão. Não consegue evitar fechar os olhos por alguns segundos enquanto mastiga. Faz isso desde que pôde comer algo diferente dos peixes enjoativos que capturava nas conchas das mãos. Fechar os olhos e mastigar.

E coitado de você também, claro. Só que você está vivo, entende? Mas, enfim... estão boas as tortillas?

Muito boas, senhora. Eu agradeço muito o seu convite. Sei que a senhora gostaria que nessa cadeira, no meu lugar, estivesse sentado o seu filho, comentando sobre as coisas do mar, sobre como um tubarão pode ficar bravo. Mas não está. A verdade é essa. Estou eu. E está você, tão gentil de me convidar para comer aqui, não é, de preparar tão gentilmente essas tortillas... Olha, eu sinto muito...

Não se preocupe, Amador. Minha dor é minha e de mais ninguém. É o luto de uma mãe, entende?

Para mim, te juro, o mais difícil foi jogar o corpo no mar. Desculpa que eu fale assim, a seco... Pelo menos agora consigo dizer isso sem desatar a chorar feito um menino. Já consigo falar sobre isso. É a terapia. O governo me paga uma terapia. A doutora faz muitas perguntas, depois fica quieta, com paciência... Pergunta com o que eu sonho e eu conto para ela que o mar volta, que reaparece como um pássaro gigante, que a minha garganta vai se fechando como se tivesse cola, que eu...

Que dia você jogou o corpo no mar, Amador? Quando foi isso? Você rezou? Você pelo menos rezou?, insiste a mulher com os olhos úmidos, mas que não derramam uma única lágrima, como se ela tivesse o poder de controlar o alívio ou a penitência do choro. Assim, vestida com esse preto rigoroso, é difícil saber a idade dessa senhora. Elías Coronado era jovem e dizia que sua mãe o havia parido na maturidade, que o considerava um milagre.

Amador quer ir embora. Mas ainda deseja mastigar mais tortillas. As tortillas e as comidas em geral lhe fazem lembrar de que está vivo. Mas é melhor ir. Faz uma semana que está alojado em uma pousada da vila pesqueira, apenas para cumprir a promessa que fez a Coronado durante os dias de longas conversas entre eles. Foi bom conversar com o morto. Com aquele companheiro dava para falar de tudo. Agora Amador sabe que ele tinha apenas quinze anos, mas na cooperativa havia se registrado com dezoito. Era lido, o Coronado, sempre tinha algo de curioso para contar. Sobre o Estado Islâmico, sobre lendas japonesas de outros séculos, sobre a bactéria comedora de carne, sobre a migração dos pássaros. Pena que ele não tivesse se informado sobre formas de sobrevivência em um naufrágio. Foi aí que ele se deu mal. Uma pessoa precisa se ensinar de tudo um pouco, até a brigar pelas sobras com os cachorros, se for preciso.

Na pousada Amador tem dormido com as janelas fechadas. Não quer escutar as ondas batendo no porto. Aquele sibilo de serpentes entra em seus ouvidos e arma pesadelos terríveis. A fome se expandindo por dentro como um balão de hélio, um bicho feito de vazio, um bicho cego que queima suas tripas, que o cobre de miséria. E o sol desmoronando sobre ele com toda a sua maldade. Mas em dois dias ele já se vai. Não para seu país, que para lá não volta nem amarrado. Aquela merda segue uma zona. Comprou uma casinha na parte mais tranquila de Michoacán, nas montanhas, onde o vento domina o sol e chove em dois a cada três dias. Se vai ter água, que venha de cima, e pronto. Na verdade, ele veio à casa da mãe de Coronado, nessa parte suja de Costa Azul, para lhe deixar um cheque, metade do que recebeu do jornalista famoso que vai escrever sua história. É também a história de Elías Coronado, ainda que esteja morto.

Morto.

Amador disse isso a si mesmo muitas vezes olhando para o corpo quieto de Coronado, sem lucidez suficiente para entender com clareza a forma como seu abdômen ia inchando, já não de fome e sucos gástricos desesperados, mas de morte pura e simples. Não percebeu quando o rosto do garoto se tornou tão rígido e pálido, ainda que o sol seguisse batendo a pino sobre sua pele.

É bonito estar morto?, lhe perguntou por volta do terceiro dia de sua morte, que talvez fosse apenas o dia número 98 da viagem. Como um réu, Amador marcava na parede interna da proa cada aparição da lua. Confiava mais na lua do que no sol, porque aquela luz era venenosa e o fazia alucinar.

Coronado despertou. A boca rachada fez um esforço para sorrir.

Você é um egoísta filho da puta, soluçou Amador. Quis abraçá-lo ou refugiar sua cabeça no peito do morto, mas Coronado tinha voltado a se recostar sobre a madeira úmida da embarcação. O sol não o incomodava. Não franzia os olhos nem levantava o braço para cobri-los. Parecia feliz.

Amador se aproximou de Coronado e o sacudiu um pouco. O corpo era leve, mesmo para Amador que já não possuía disposição para usar suas forças, as poucas que restavam e com as quais degolava gaivotas para chupar, já sem nojo, seu sangue pegajoso.

Amador levantou a camiseta do garoto, a mesma de que havia tirado sarro quando subiram na embarcação, porque deixava evidente a juventude de Coronado, sua ingenuidade comovente de principiante, declarando ao mundo com orgulho que pertencia aos "tiburoneros".[1] A cooperativa vendia essas camisetas aos turistas, mas eram poucos os pescadores que a usavam. O algodão não era bom no mar. O suor deixava a vestimenta pesada e, se batesse uma brisa forte, com certeza eles

---
1. Forma coloquial de se referir aos pescadores de tubarões.

pegariam, em vez de um tubarão, uma bela gripe. Mas Coronado tinha começado a trabalhar há pouco mais de um mês e certamente pensou que a camiseta o legitimava, como um jogador no banco de reservas.

Amador se impressionou ao ver que um fio de pelos subia até o umbigo do garoto. Coronado era magro – e agora, exceto pela barriga inchada, poderia se dizer que esquelético, por conta de todos aqueles intermináveis dias em que havia se negado a comer as algas podres, os poucos peixes e as tartarugas medianas que seu companheiro de viagem e naufrágio caçava, porque aquilo era caçar, e não pescar, fincando a unha na cabeça das tartaruguinhas quando se chocavam contra o barco e mordendo o pescoço das gaivotas para degolá-las com as mãos. No início usava uma faquinha, mas temia perdê-la naquela guerra constante com a água. Deviam preservá-la caso tivessem que soltar as boias para alcançar alguma costa. Coronado não colaborava. E ali estava, se pondo verde como se nada lhe importasse. Claro que agora seus braços frouxos não impunham resistência, mas seguia sendo difícil para Amador esticar a camiseta tão grudada às costas molhadas do garoto. Teve que levantá-lo um pouco por aquela parte da coluna em que ela se estreita, e a sensação de estar fazendo algo lascivo, o que faria com uma mulher, o estremeceu.

Amador molhou a camiseta de Coronado e a amarrou na cabeça. Claro, morto desse jeito, já não ia precisar dela. Que se ressecasse feito um boi qualquer, pela covardia. Onde já se viu uma seletividade tão delicada em dias de fome? Dava para comer a própria mão.

O alívio do pano molhado durou pouco. A água salgada que escorria do turbante improvisado lacerou mais a boca seca, a garganta apertada. De repente, um enjoo mais acentuado do que ele já sentia quase o tempo todo obrigou Amador a se encostar ao longo da embarcação, na parte onde o mastro falso projetava uma sombra fina. Se esticou ao lado de Coronado. O bom de estar ali, deitado com um morto, é que não se sentia tímido. Podia olhar para ele sem interrupções, como se penetrasse seus miolos quietos, já livres de tanto tormento. Mais que isso, inclinou seu rosto para olhá-lo melhor. Coronado não podia vê-lo porque estava com as pálpebras fechadas, o que era bom. Teria se sentido muito incomodado se, mesmo depois de inerte, o rapaz continuasse olhando para ele com aquela curiosidade desmedida com que o havia seguido quando o alocaram em seu cargo para as missões no "Chavela". Seu pagamento era uma miséria. Capaz que, isso sim, o morto viesse pedir agora, um salário justo, como se dependesse dele. Aqueles babacas da cooperativa se aproveitavam dos novatos. Dizem que pagam o piso de lei. Qual piso?, que base?, se tudo era mar, um vômito líquido sem horizonte, um dorso esmeralda cheio de maldade e beleza. Era um lugar canalha.

O senhor não tem por que me pagar nada, diz a mãe de Coronado, deslizando a Money Order que Amador colocou entre suas mãos.

Amador continua mastigando. Está na quarta tortilla. Quer parar, mas o sabor suave e morno do alimento o mantém ali, naquela sala de jantar humilde. No fundo há um pequeno pátio, coberto com telhas onduladas translúcidas. Samambaias, cogumelos coloridos que se parecem com fetos, ervas, flores sem graça e cebolinhas compõem o universo vegetal dessa mulher. Sente pena dela.

A mulher o observa comer. Amador não consegue sorrir enquanto come. Desde sua volta, almoça e janta sozinho, atento aos ruídos da trituração. Disso não falou na terapia.

A Money Order continua ali. Amador se pergunta se pode soar uma ofensa. Se apressa e engole e diz:

Eu não estou te pagando nada, senhora.

Olha, é melhor você se servir do refresco. É de erva caseira. Da minha hortinha.

Amador bebe de supetão o copo de água de linhaça. Não quer se deter na cor do líquido porque se parece com a urina manchada que tanto ele como Coronado começaram a produzir na segunda semana do naufrágio.

O que eu quero é saber tudo sobre o meu filho. Ele sofreu muito nessa agonia? Você teve piedade dele?

Piedade?

Amador inspira profundamente e prende o ar na boca do estômago, como o aconselharam a fazer, na terapia, toda vez que o pânico ameaçasse apertar seu peito. Ele já conhecia essa técnica, de respirar como se fosse afundar num oceano negro, viscoso, sem muitas reservas de oxigênio. Por exemplo, quando entrava na mata de víboras de Garita Palmera para se esconder dos Salvatrucha.[2] Com a coluna grudada às árvores, Amador prendia a respiração. Preferia isso, morrer asfixiado, envenenado com seu próprio dióxido de carbono, do que à mercê de um tronco enorme atravessando sua garganta, as tripas, partindo seus órgãos internos, perfurando a merda que sempre se carrega dentro de si. Naquela época ele não tinha como saber que o

---

[2]. Mara Salvatrucha, ou MS-13, é uma gangue que age nos Estados Unidos e América Central, composta principalmente por salvadorenhos. Iniciou suas atividades na década de 1980.

pânico se apresenta, assim como o Diabo, de diversas formas. Agora mesmo, por exemplo, esta mulher pergunta se ele teve piedade de Coronado e o obriga a cavar lembranças mais precisas daqueles momentos em que o mar, sua imensidão plúmbea, levava o barco de lá para cá, pondo e tirando água da boca aberta de Coronado. Amador tinha ficado hipnotizado olhando aquele vaivém. Coronado vomitando água e sal, pedacinhos de algas podres, já sem reclamar.

A morte é bonita?, voltava a lhe perguntar.

E Coronado dizia que sim, que a morte era incrível.

Amador, então, o censurava: Você ainda se atreve a me dizer que sim? E nem tem coragem de olhar pro céu, ver que logo vai amanhecer. Você não tem a mínima ideia se vamos ter um dia nublado ou se esse sol do cão vai esfolar a gente. E sorri. Claro que você sorri, seu palerma. Eu andei te observando e sei que o lado esquerdo da sua boca se torce um pouco quando alguma coisa te diverte. Agradeça à sua boa sorte que aqui nada funciona direito, senão eu tirava uma foto como prova das suas esquisitices. Você não tem colhões para viver, irmão.

Sim, a mulher diz, o Elías tinha esse jeito de sorrir. Me desarmava. E não sabia mentir. No segundo em que mentia, a boquinha se torcia. O senhor é bom de observar. Olha só esse retrato de quando ele começou o ensino fundamental. Está vendo? Ele estava sorrindo assim porque...

Talvez seja melhor eu ir para o hotel, Amador interrompe. A casa da mãe de Coronado foi se encolhendo até a parede do fundo, logo vai caber na hortinha sob as telhas onduladas. É o que o sol do entardecer faz com as casas de teto baixo, ele as apequena, as amontoa, arrastando as sombras dos móveis até um ponto discretamente luminoso. De todo modo, a proximidade da noite tranquiliza Amador. De dia tudo é muito inflamado de luz, muito desvelado ao medo dos olhos.

Ainda não vai embora, pede a mãe de Coronado. Você chega em Chocohuital até andando, se quiser.

Eu já te contei tudo, senhora, suplica Amador. Porque, na realidade, sua voz é isso, um me deixa ir, me deixa fechar os olhos e pôr algodões nos ouvidos como se eu também fosse um cara morto.

Mas a mulher traz outro prato com tortillas. Não muitas; o suficiente para manter viva a lascívia traumática do homem que atirou ao mar o corpo de seu filho. Devia tê-lo trazido, mesmo que fosse como uma múmia, como aquelas carnes marinadas com limão que a luz do sol termina de cozinhar. Devia tê-lo trazido, nem que fosse moído.

Come, come, por favor. É bom ter fome e poder matar, você não acha? Essa era a massa preferida do Elías, eu faço sem fermento artificial. Me fala se não tem um outro sabor...

Amador sorri. Percebe que a mulher decide voltar aos modos gentis para mantê-lo ali. Mas ele não quer inventar o que não aconteceu. Prefere ficar quieto. É um direito, a moça da terapia disse, é um direito ruminar as lembranças como se fossem pasto. Então ele se serve de um pouco mais de linhaça, bebe com mais paciência. Pelo vapor do prato, calcula que as tortillas ainda estão fervendo.

Vai querer empanada de quê, meu jovem almirante?, perguntou um dia a Coronado, devia ser o dia 27 ainda, se lembra disso porque sempre foi supersticioso, e achava que aquele dia seria diferente, que o céu se manteria nublado, sem raios tão intensos, para que o helicóptero de resgate não se acovardasse diante do brilho incessante. Sim, naquele dia de sorte o helicóptero arriscaria voos rasantes e poderia reconhecer a embarcação e estender uma dessas redes similares às que eles usavam para envolver os tubarões como crianças recém-nascidas. Tão suave à vista e tão agressiva ao toque, a pele desses animais.

Era, então, o dia 27, e ele tinha se proposto a melhorar o ânimo daquele zumbi bronzeado e áspero que seu almirante havia se tornado – foi assim que o chamou desde o início, para deixar mais toleráveis o tédio e o desespero. De dentro da água, ditava o menu: bolinho de algas, bolinho de camarão, de atum, ou bolinho de "tanto faz?".

Coronado sorria e pedia o impossível: chalupas, por favor, bem temperadinhas!

E Amador nadava em seu melhor estilo, aprendido naquele outro mar, um mar caseiro, a areia grossa salvadorenha, o mundo aquático já esquecido onde havia banhado os anos de sua infância, não muito antes de os Salvatrucha espicharem os olhos para ele, fosse para recrutá-lo ou para se divertir às suas custas. Naquele tempo, o mar era um refúgio. E agora? Agora, de alguma forma, também.

E o molho, de abacate ou de pimenta?

De pimenta vermelha, meu capitão, brincava por alguns minutos o garoto. Porque não era mais que isso, um garoto, um menino com marcas de puberdade nas costelas agora cadavéricas. O branco do olho tingido pelo veneno que, sem saber, havia ingerido das vísceras da gaivota, confirmava sua vocação de morto.

Elías Coronado estava morto desde o início, desde o dia em que se alistou na cooperativa de "tiburoneros". Quem sabe fosse ele que tivesse arrastado Amador para aquele destino, o mar infinito dos mortos. Quem sabe fosse ele o anzol, e Amador só havia se deixado levar pelo focinho até um inferno surpreendente, uma transfiguração líquida do fogo, uma piada de muito mau gosto.

E ali estavam, Amador usando uma imaginação que não sabia que tinha para alimentar o que restava daquele farrapo de almirante. Afastava-se apenas alguns metros da embarcação, uma distância prudente. De todo modo, não tinha a força necessária para mais do que cinco minutos de braçadas. Pegava qualquer matéria que se movesse nos pequenos volumes de água que as ondas formavam ao redor de seu corpo, fechava os olhos por um momento, não apenas para deixar que o instinto terminasse a tarefa da caça, mas para imaginar que aqueles chicoteios constantes eram uma forma de amor de Deus. Ele não o havia abandonado. O simples fato de que a embarcação não tivesse sucumbido no ventre infinito do oceano, tendo fissuras ao longo dos seus sete metros de plataforma, já era uma prova desse milagre amoroso, desse milagre que acontecia em pequenas permanências: um dia depois do outro depois do outro.

Voltava com peixes que descabeçava numa mordida para evitar que escorregassem de suas mãos e os lançava como podia para dentro do barco. Coronado mostrava uma curiosidade inicial, aguçado pela fome, mas depois só provava aquelas tortillas marítimas. Cada dia mais magro, seu rosto mal lembrava sua idade. Era um velho sem tempo. Talvez seja isso naufragar.

*

Olha, a mulher suspira fundo, tirando energia das entranhas, as mesmas onde gestou Elías no último frescor de seus ovários, vou te fazer uma pergunta. Não é uma pergunta nova, todo mundo já te perguntou isso na televisão, nos jornais, e você deve estar um pouco cansado de ter que responder feito um papagaio desmemoriado. As pessoas não deixam de se maravilhar que o senhor tenha sobrevivido ali, sozinho feito uma alma esquecida pelo Senhor, por mais de quatrocentos dias! Imagino o que devem ter pensado as pessoas que te viram chegar lá, naquelas ilhas tão distantes, e sair da água, cambaleando como um bêbado, conforme você me contou... Devem ter achado que o senhor era um demônio. Porque, penso eu, né, só os demônios conseguem vencer a fome, o frio cruel, a doença. Nós outros somos mais humanos. E com certeza te perguntaram, claro, como você fez para continuar vivo durante toda aquela viagem, senhor Amador. E eu suponho que cada vez te custe menos repetir suas explicações, deve ser como rezar, não? Você pede e pede por um milagre a Deus, sabendo de antemão que essa piedade é impossível. Deve ser assim falar na televisão, né? Mas para mim, senhor Amador, para mim, por favor, me fala a verdade.

Na última parte desse pequeno discurso a voz da mulher soa estrangulada. Amador quer distraí-la, ou se distrair, ocupar sua boca com a mania de mastigação. Estica o braço sobre a mesa de fórmica para pegar o prato com as duas tortillas grandes de bordas picotadas, douradas e molengas como águas-vivas em formação. Mas a mulher afasta o prato.

Amador olha para ela sem demonstrar especial surpresa.

Pergunta o que você quiser, diz. Agora são as suas mãos, as mãos de Amador, que parecem criaturas marinhas, os dedos estendidos sobre a fórmica, com a discreta esperança de controlar o tremorzinho que o ataca pelo menos três vezes ao dia.

No dia 93, talvez dois ou três dias antes de Coronado decidir não voltar a abrir os olhos e de as fissuras de seus lábios racharem além da conta – depois Amador inspecionaria sua boca, a forma como o pobre almirante havia comido pedacinhos de sua própria língua –, naquele dia Amador avistou um barco comprido, modesto. Era uma traineira. Pela forma como o sol caía oblíquo, calculou que eram cinco da tarde. Mas sequer podia confiar muito nisso. Sabia que estava se dirigindo para o oeste, mas não sabia se naquele ponto desconhecido do mundo começava ou terminava a primavera. Em todo caso, a brisa já gelava e os raios do mar pareciam diamantes. Bem, ele nunca tinha visto um diamante.

Um barco! Olha, um barco! Vamos, não se faz de tonto, acorda! Um barco!

Coronado olhou como se nada. Não se mexeu. Tinha estado assim desde a tarde anterior.

Amador pegou o remo de cuja ponta caía um pedaço de rede descolorida, o único sinal de vida e de auxílio que poderiam fazer flamejar naquela imensidão horrorosa.

Me ajuda, moleque!, suplicou.

Coronado olhou para ele com a mesma atitude de desdém, científica, daqueles pássaros que vinham pousando na proa com uma paciência que chegava a ser obsessiva. Coronado havia lhe dito que aquelas aves eram "abutres-fouveiros", mas Amador apostava seu remo que o garoto estava inventando coisas, tinha perdido os parafusos. Estava era pasmado. Os urubus não podiam ser tão bonitos, não tinham a elegância daquelas aves com seus pescoços graciosos como os das gaivotas, mas de bicos robustos e letais como armas de guerra.

Amador então decidiu usar as forças que dosava por dia para caçar tartarugas ou descamar peixes maiores, se houvesse sorte, e se lançou ao mar com a corda na cintura, para o caso de não conseguir alcançar a traineira que levitava a umas duas milhas. Nadava com braçadas lentas, como se desfrutasse daquele manto salgado e mortífero que vinha transformando suas costas no lombo ancestral de um lagarto. Coronado ia se encolhendo. A tripulação da traineira com certeza achava que Coronado era uma efígie, uma daquelas figuras que alguns barcos pesqueiros costumavam instalar nas proas para afastar tormentas. Bateu um pouco as pernas e aguçou a vista. As nuvens haviam se desintegrado em míseros fiapos. O sol era um martírio constante.

A traineira devia ter uns dez metros de longitude, um pouco mais longa que o "Chavela". No lado de estibordo havia símbolos que Amador não compreendia. Uma palavra japonesa? Chinesa? Coreana? Quando falava, antes do naufrágio, Coronado contava lendas japonesas de garotas fantasmas, de príncipes marciais de outros séculos que recitavam poesia enquanto decapitavam o inimigo; aquele garoto era uma caixinha de surpresas, um maricas dos mais entendidos. O que pretendia com a pesca? Pagar um curso universitário? E olha só para ele agora, mais mudo que um Cristo.

Faltavam alguns metros, mas a traineira se afastava. Ou será que ele tinha calculado mal a distância? Olhou para o "Chavela" e só identificou Coronado. Devia ser ele aquela silhueta que repousava quieta, ou podia ser a ponta do remo que sempre deixava no jeito caso tivesse que golpear uma tartaruga com uma bela bordoada.

Quando finalmente chegou à embarcação, passou alguns minutos respirando. Não podia acreditar no que havia conseguido.

Ei!, chamou. A voz saiu rouca. Tão pouco que a tinha usado. Apenas com Coronado.

Capitão! Oi! Gente!

O silêncio era doloroso, apenas o mar agredindo com lambidas terríveis a base excessivamente pálida daquele barco, e um zumbido delicado que também podia ser uma alucinação. Na noite anterior Amador tinha sonhado com o assovio dos Salvatrucha e ao acordar sua cabeça ainda chiava.

Amador decidiu se aventurar – que outra coisa um homem como ele poderia fazer naquele desespero de meses? Trepou na borda e pulou para a plataforma. Ninguém foi ao seu encontro. Até poderiam tê-lo confundido com um pirata e atirado. Mas quem atiraria em um homem seminu, com a barba no peito, povoada de insetos, como uma criatura das cavernas? Um homem que mal podia manter o equilíbrio e que se agarrava à própria voz como o único de humano que persistia.

Capitão?

Amador?, a mulher diz. Vai me responder ou não?

As tortillas estão ali, agora mornas, perfeitas para consolar o paladar, a sensação de fome infinita que talvez Amador nunca chegue a superar.

Claro, senhora. Pode perguntar.

Você pode me contar como era a fome que vocês sentiam? Olha, eu nunca passei fome, isso que chamam de fome, porque eu trabalhei desde muito menina. Mas eu entendo o que pode ser uma fome de dias, quer dizer, eu imagino, deve ser como um bicho que a pessoa carrega por dentro, não? Um tigre, talvez. Eu às vezes durmo pensando nisso, na fome do Elías, coitadinho do meu menino. Você... senhor, me conta, me fala tudo, sem medo de me machucar.

Essa fome, senhora, te juro, não dá para descrever com palavras. Depois de comer alguma coisa, peixes ou tartarugas, eu falava para o Coronado... para o Elías, para o seu filho, que a gente dormisse logo. Porque o que mais custava era dormir ouvindo as próprias tripas rangerem, e depois aquela dor de queimação na barriga, senhora, as cólicas que faziam a gente se retorcer. Mas o Elías, eu não vou mentir para a senhora, ele mal engolia as coisas, foi descarnando, o coitado, bem rápido, na verdade.

Descarnado...

Sim. Muito magro. Só o couro sobre o osso, senhora. É que depois do pássaro envenenado ele ficou traumatizado, sabe?

Veneno?

Foi uma gaivota. A gente devia ter se dado conta que a tranquilidade dela era falsa. Uma manhã vimos ela paradinha na borda do barco olhando para o mar, como as pessoas olham, com o espírito mergulhado na água, sabe?

Sim, Amador. Eu também sou da costa. O Elías nasceu aqui, nessa casinha, bem no ano em que instalaram na esquina os galpões para esses barris fedorentos de diesel. Eu entendo tudo o que você está falando sobre os pássaros. Dá para notar direitinho quando um pássaro está doente. O Elías não percebeu?

Ele me ajudou a pegar. Não custou muito porque, como eu te disse, ela estava bem quietinha. De todos os animais que eu pesquei ou cacei, veja que essa gaivota foi a única de que o Elías não teve nojo. A gente depenou ela rápido. Eu espremi ela como se fosse uma roupa recém-lavada, para tirar o excesso de sangue, né? E então, como a gaivotinha era quase uma criança, bem pequena ainda... filhotinha, como se diz, a gente sabe pelo bico mole, eu dei ela inteirinha para o Elías, para ele recuperar as forças.

E o meu filho comeu?

Quase toda, senhora. Me dava gosto ver ele finalmente comendo. Te juro que em todos aqueles dias de desespero que a gente viveu juntos eu comecei a amá-lo como se fosse um filho. O problema foi que naquela mesma noite o Elías começou a vomitar, a tremer como se estivesse sendo eletrocutado. As cólicas estavam acabando com ele. Aí me dei conta de que era veneno, senhora.

O senhor entende de venenos, dá para ver.

Não muito. Mas vi dois companheiros da cooperativa quase morrerem pela mordida da "barriga amarela", uma cobra marinha que é brutal. Como eu tinha guardado os restos da gaivota para usar de isca, fucei ali, entre as vísceras, e a minha suspeita estava certa, senhora. A gaivota estava verde por dentro, inteirinha tomada. O pobre do pássaro tinha caçado alguma dessas coisas envenenadas. E o Elías se contaminou.

Continua, ordena a mulher. Amador se surpreende que seus olhos não tenham se umedecido. É uma mulher antiga, sem dúvida, dessas que não choram em público.

Eu obriguei ele a beber o próprio xixi durante três dias, senhora. Porque naqueles dias não choveu nadinha, e com o vômito, o Elías tinha se desidratado. E note que agora, depois de todos os estudos médicos que fizeram comigo, os doutores falam que a urina pode ter nos protegido de muitas bactérias, inclusive das que se formam nas feridas do corpo.

O meu Elías tinha feridas?

Poucas, senhora, principalmente nas costas, dessas que arrebentam pela insolação. Mas a gente se revezava no freezer nos dias mais duros. Ele já não funcionava, porque nada naquele barco funcionava mais, mas o aparato servia para a gente fugir do sol. Sabe que quando o Elías morreu, eu até pensei em colocar ele ali, porque era certinho o tamanho de um caixão.

Me fala, Amador, assim esquelético e tudo, como você está me dizendo, você comeu ele? Você comeu o meu menino?

Amador olha para as tortillas e estende o braço. O melhor seria encher a boca de massa, engolir, engolir e engolir como um afogado engole o mar, expandido seu estômago, fazendo de sua elasticidade uma mortalha interior, salgada, amarga. Abrigando em si a imensidão aterradora, crescendo e crescendo como uma ereção absurda no eterno esplendor da água.

Enjoado, Amador se deteve por alguns minutos. Naquele barco não havia um único sinal de vida humana. Descobriu, isso sim, que o zumbido constante vinha das moscas. Pôde vê-las antes mesmo de abrir a estreita comporta da cabine. Apertou as pálpebras, quase afundando as córneas, para se assegurar de que não era outra alucinação. Através do vidro, o pequeno voo daqueles insetos era cheio de beleza. Moscas, a maioria azuis, emanando dos corpos como um espírito metálico. Amador não tinha nada com o que cobrir o nariz, de modo que conteve a respiração e entrou. Quatro homens jaziam em posição fetal. Amador tentou mexer um dos corpos com o pé, mas o cadáver era teimoso e seguiu dobrado sobre si mesmo, como um ancião ou um embrião obstinado em sua própria formação. Os quatro tinham vendas nos olhos, mas estavam livres. Eram mortos livres e cegos. Nada prendia seus membros. Poderiam, se quisessem, reviver e explicar o motivo de suas mortes. De forma que eles mesmos haviam vendado seus olhos. Amador se agachou e levantou a venda de um deles. Eram chineses ou japoneses ou coreanos. Nunca foi bom para distinguir essas nacionalidades. Mas ali estavam, inconscientes de sua própria origem, longe ou perto de sua pátria? Também eles haviam sido arrastados por uma corrente maldita? Também eles se aventuravam a pescar em regiões oceânicas desconhecidas para conseguir espécies raras, tubarões brancos, caranguejos de carapaças macias? Em que moeda lhes pagariam agora por suas mortes?

Amador se largou no chão e, já sem cobrir o nariz, embriagado pelo cheiro dos corpos em decomposição, se acomodou também em posição fetal, abraçado à corda. Quem sabe devesse se abandonar ali mesmo, naquele barco que levitava, morrer junto desses irmãos de naufrágio que haviam partido de outra costa, que tinham vindo a seu encontro. Fechou os olhos. Percebeu que chorava porque seu peito convulsionou como o de uma criança de colo, e pensou em Coronado. Melhor morrer ao lado de seu almirante. Tinha que ficar de pé, se entregar à água, nadar a distância de regresso e voltar. Isso era tudo.

Olha, a mulher suspira. A penumbra cria dois poços rasos em suas clavículas. Amador não chegou a tocar as tortillas porque a mulher está segurando sua munheca, como se quisesse sentir seu pulso ou detê-lo diante de alguma iminência.

Você nem precisa me responder. Sei que você nunca poderia me dizer a verdade verdadeira. E não sei se você é um homem de fé. Você vai à missa? Quem sabe lá, no confessionário, você possa desabafar, senhor Amador. Quem sabe lá.

Coronado morreu no dia 95. Se deixou levar ali, esticado ao longo do estibordo, o sol batia em suas costas do lado esquerdo, de forma que eles provavelmente se dirigiam ao sul ou ao oeste. Coronado também foi se enrolando sobre si mesmo, como os estrangeiros que Amador viu no "barco fantasma". Assim o chamaram, "fantasma", durante o resto de suas longas conversas. Coronado garantia que aquela embarcação era uma invenção desesperada de seu capitão, que o havia visto nadar, sim, e se afastar alguns perigosos metros, mas depois simplesmente voltar, sem tartarugas, sem peixes, sem nada, apenas mais pálido pelo esforço estúpido de praticar natação em tais circunstâncias.

A morte é bonita?, Amador lhe perguntava incansavelmente.

E Coronado respondia que, de todas as coisas que já haviam acontecido a ele nesse mundo, a morte era a melhor. É uma luz, Coronado dizia, sem abrir os olhos ou enrugar as pálpebras, porque certamente era verdade; certamente se tratava de uma luz que já não feria, que não lacerava as últimas células.

Me conta alguma coisa, Amador lhe pedia, deitando-se junto ao corpo quieto de seu almirante.

E Coronado, rindo, mas sem mexer a boca, voltava a contar lendas japonesas de príncipes marciais. Seu preferido era

Miyamoto. Tinha muitas historinhas sobre esse soldado. Ele podia decapitar um rei da mesma forma que partia uma mosca em duas. Sua espada era como o vento. E enquanto aniquilava o inimigo, recitava poemas.

O mar tinha feito o mesmo com eles. Os havia aniquilado sem renunciar nem por um segundo à sua pureza bestial, às cristas de glória que a água levantava com uma constância que nada tinha a ver com o ser humano. Tratava-se, definitivamente, de um poder superior. Amador voltava a confirmar que aquele era o abraço de Deus e que Coronado havia morrido em seu terrível seio.

Uma tarde, pouco depois, Amador percebeu que faltava um olho em Coronado. Os culpados estavam ali, bem orgulhosos, com seus peitos sobressalentes, as patas agarradas ao travessão de onde pendiam as redes. Certamente ainda mastigavam o olho morno, úmido, mole como um ovo. Tamanha era sua fome. E ele? O que ele ia fazer? Como ia poder suportar aquela solidão interminável que o aguardava como uma promessa fiel depois de Elías? O que ele ia fazer?

Uma dessas tortillas, a mulher diz, está envenenada. Te falo isso para que você pense ao que se atém. Espero que o senhor não vá embora dessa casa sem comer ao menos uma, me entende?

Senhora...

Não se explique, Amador. Eu posso imaginar o que deve ser sentir uma fome horrorosa. E ver ali, como se fosse um cordeiro, a única carne do mundo que poderia te salvar. O que que eu vou te dizer? Quem sabe eu teria feito o mesmo. Você era um homem como outro qualquer, eu vejo assim, e talvez você não tenha querido o destino que lhe coube. Uma pessoa não escolhe algo tão importante como o destino, senhor Amador. Mas você pôde decidir certas coisas, não é? É disso que quero que o senhor me fale.

Foi no dia 102, senhora. Nesse dia, eu esperei que ficasse noite... Me despedir... Ficar tão sozinho com a minha voz e com a minha mente me dava vontade de vomitar. Eu não me atrevia a fazer isso com a claridade. Nem lua tinha. Eu tirei a roupa dele. Eu precisava da roupa. O mar estava rugindo, como se também aquele monstro tivesse fome. Eu pensava nisso. Que todos nós temos fome, eu pensava. E imaginava toda a humanidade abrindo a boca bem grande e o vazio brotando como um vulcão de lava ácida das gargantas. Eu estava ficando louco. E justamente por isso, para tirar tantas vozes da minha cabeça, continuava conversando com o Elías. Ele já estava em decomposição, mas eu tinha para mim que ele ainda prestava atenção. Eu detalhava para ele o que ia fazer. Contei a ele todo tipo de minúcia, como cacei um tubarão pequeno segurando pela barbatana, vendo ele agonizar, eu parado sobre a parte alta do barco, vendo ele ali se debatendo em desespero, do mesmo modo que certamente Deus olhava para nós dois. E enquanto ia talhando o animal, eu oferecia as partes mais macias para o Elías; imaginava ele engolindo com gosto. Eu disse para ele até o número de estrelas que consegui contar. Infinitas estrelas. Eu não me cansava. Era como pedir perdão a ele, era...

Não há túmulo onde colocar isso, senhor. Onde eu escrevo: "Meu amado filho partiu, afundou, desapareceu na noite 102"? Onde eu ponho isso? Olha, escolha a sua tortilla, por favor.

Amador aproxima de si o prato com os dois alimentos. Já é noite. A mãe de Coronado não acendeu as luzes de sua casa. Quem sabe seja melhor assim. Ele sequer precisa fechar os olhos para escolher. Está acostumado a mexer as mãos, os braços, a respiração nas ondas noturnas.

Então escolhe a tortilla da esquerda. Está morna o suficiente para acariciá-la com sua língua, para agradecer em silêncio por ela. Mastiga com os olhos fechados outra vez, antecipando-se à sua própria quietude, apaziguando com amor as batidas de seu coração. Esse sou eu, murmura o pescador, esse sou eu depois do Elías. Então dá uma segunda mordida na tortilla dourada que a mulher cozinhou com suas próprias mãos. Sou peixe, sou tartaruga, sou água, sou rede, sou urubu, sussurra, e continua mastigando.

**QUANDO
CHOVE
PARECE
HUMANO**

> *Meu coração*
> *é um rio sem fundo,*
> *uma corrente furiosa.*
> *Como posso atirar meu nome*
> *à tentação da água?*
>
> Yayoi. Século XVI.

A senhora Keiko tinha passado a manhã inteira adubando a terra do jardim. Durante toda essa vida gasta em Santa Cruz – tão diferente de Colônia Okinawa[1] – jamais havia precisado esquentar bolsas de água para aquecer sua cama antes de se deitar, como vinha fazendo ultimamente. Agora inclusive engomava suas batas de algodão sobre a cama para aclimatá-la e, assim que desconectava o aparelho, se punha embaixo dos lençóis e das cobertas e aproveitava a sensação de refúgio, de retorno a algum lugar perfeito, para pensar que talvez devesse se animar e viajar, ainda que não tivesse juntado dinheiro suficiente.

Com as plantas, porém, não havia muito o que fazer. Ela tentou climatizar a área do jardim deixando acesas por toda a noite as luzes do corredor, mas a conta de energia elétrica chegou como uma bomba química: mostrava um número horroroso, um número que parecia "uma fórmula atômica", como costumava dizer seu finado esposo toda vez que pagava os boletos das importações. Não lhe restava outra opção senão

---
1. Cidade na Bolívia fundada por imigrantes japoneses.

acariciar suas plantas com a voz e desejar que tivessem força para suportar outra geada. Falava com elas como se fossem pequenas criaturas, da forma como as mães se dirigem aos recém-nascidos, fazendo da voz um falsete dulcíssimo, uma imitação autêntica do amor. Às vezes falava com elas em japonês. Tinha medo de se esquecer dessa língua, a língua da colônia, então pronunciava as palavras lentamente.

Fazia seis meses que alugara o quarto de cima para uma estudante universitária e agora se arrependia um pouco, pois aquele cômodo – adaptado logo após a morte de seu marido, já que ele havia se oposto ferreamente a qualquer mudança – tinha uma magnífica claraboia que, nos dias ensolarados, recebia um calor consistente, mas não agressivo. Quando acabasse o contrato de aluguel com a menina, iria transformar o cômodo em uma estufa. Era uma promessa.

Mas já era quase meio-dia e ainda não tinha preparado o almoço. O aluguel incluía almoço. E a menina que cuidasse de seu próprio jantar. Ia trabalhar mais quinze minutos enquanto pensava no que podia preparar – a menina sempre comemorava seu arroz branco e solto como a chuva. Ficou de pé por um instante com as mãos nos vasos olhando seu pequeno reino de plantas, galhos ondulados e sementes que pulsavam na cegueira infantil da terra fofa. Ninguém poderia entender o orgulho que sentia ao observar o avanço de seu trabalho. Uma florzinha que se abria, um broto mínimo que ninguém notaria, mas que estava ali, com toda a contundência de uma nova vida. Essas, sim, eram verdadeiras peças de origami, dobradas com extrema delicadeza por uma divindade superior e perfeita. Por mais que se esforçasse, a senhora Keiko jamais poderia imitar todas aquelas dobras e bordas. Além do mais, havia perdido destreza por conta do tremor na mão esquerda, a mão do coração; e apenas se o trabalho fosse simples – pássaros voando, grous brancos, papoulas ou lanternas discretas – aceitava as encomendas. O último pedido importante que tinha aceitado fora justamente da fraternidade japonesa que se encarregava dos eventos culturais do escritório consular de Santa Cruz. Pediram a ela mil grous *Sadako Sasaki* em papel laminado para enviar uma mensagem de esperança, de espírito *gaman* e solidariedade aos sobreviventes do acidente nuclear de Fukushima. Durante duas semanas dobrou papéis tratando de usar só as pontas dos dedos, sem as unhas, já que parte da elegância de uma peça *tsuki* reside na forma da dobradura, no modo como se quebra, com uma naturalidade que deve imitar as articulações do corpo humano, sua geometria linear. Terminou exausta e com os dedos destruídos, mas com o coração feliz, iluminado, na plenitude *ikigai* que costumava sentir quando cozinhava com perfeição no restaurante do senhor Sugiyama. Enviaram a ela uma carta de agradecimento, com um carimbo dinástico que não conseguiu reconhecer e que lhe perturbou com um fio de tristeza. Em Colônia, quando seus pais decidiram que não poderiam vencer as inundações causadas pelo transbordamento do rio Grande, que haviam afogado suas extensas plantações de soja, por um momento pensaram em mandá-la com Ichiro, seu irmão mais velho, para o Brasil, para onde havia migrado parte de sua família, ou para o Japão, onde ela e Ichiro teriam que blindar seus corações para aguentar a humilhação do regresso. Ninguém que teve o privilégio de fazer parte dos grupos de migrantes que iniciaram a travessia para o Brasil e o

Peru em 1957, para então se instalar na Bolívia, na selva oriental de Yapacaní, tinha voltado ao Japão carregando nas costas as flores murchas do fracasso. Quis o destino que sua mãe se contagiasse com a peste dos ratos que tinham descido das terras benianas.[2] Sua cabeça inchou de tal maneira pela encefalite que o rosto de traços quase infantis parecia incrustado naquele crânio desproporcional. Nenhum médico quis descer da capital até Colônia para diagnosticar a doente, de forma que o boato perturbador de que ela nidificava na cabeça um abcesso gigante ocasionado pela radiação que tinha assolado uma região do país afastou aqueles que inicialmente quiseram ajudar. O vírus Uruma acabou levando sua mãe, e a pequena Keiko teve que se encarregar de Katsuo, que só tinha seis meses, e de ajudar o pai no novo empreendimento de agricultura. Naquela época cultivaram soja. E a soja, em longo, prazo os salvou. A senhora Keiko sempre gostou de pensar que a *shinrei* de sua mãe os havia ajudado, encarnando no espantalho que fincaram no meio da plantação. A cada noite, depois de pôr Katsuo para dormir, abria as folhas da janela e conversava com ele. Tinha certeza de que o espantalho-*shinrei* a escutava, pois se a pequena Keiko pedia a ele que chovesse, no dia seguinte chovia. Se a pequena Keiko pedia que os ratos não devorassem mais as raízes do plantio, as frutas eram suficientes para sobreviver às eventuais invasões. Talvez a época do espantalho tenha sido a mais feliz. E sempre graças à sua mãe. Foi ela que lhe prometeu seguir ali, flutuando como o orvalho das madrugadas. Assim havia dito, "como o orvalho". E quando seu rosto de *ningyô* sucumbiu ao

---

2. Beni é um departamento localizado na região centro-oeste da Bolívia.

edema bestial da cabeça, ainda pôde lhe dizer que não tinha medo, porque naquele momento, o da morte, não havia enxergado nenhum *akuryô* que a esperasse para acertar as contas. Tinha sido pobre a vida toda, tinha cruzado os oceanos com seu esposo fiel, com Keiko, com Ichiro, e tinha parido Katsuo em Colônia. Eles eram as estrelas esmaltadas que reinavam em sua alma. Não devia nada a ninguém. Só quem deve algo a alguém precisa temer o encontro cabal com a morte. Entende, Keiko?, disse sua mãe. E a pequena havia entendido. E por isso, quando uma professora de Colônia a presenteou com um velho livro de poemas de um senhor chamado Natsume Seibi – um antepassado seu, talvez; um sábio seguramente, pois apenas as pessoas que viveram no início dos tempos, entre 1749 e 1816, por exemplo, podiam escrever poemas que eram como poças onde a pessoa se vê refletida –, ela soube que a mãe podia acompanhá-los de muitas maneiras, não apenas habitando o corpo de algodão e palha seca do espantalho. Copiou o poema mais bonito e o colou sobre sua cama. Dizia:

O espantalho
Parece humano
Quando chove

Mas agora, no presente moroso de sua velhice, já não havia espaço para essas fantasias da mente, nem para dragões ou barcos de origami enfrentando tempestades. Nada mais de noivas nem virgens nem guerreiros nem terríveis gladiadores de papel machê. Sua vista já tinha se estragado de tanto construir universos de papel. Ainda assim, não negava, se sentia bem na oficina da cadeia. Suas discípulas não eram exatamente artistas, mas usufruíam daqueles momentos de criação enquanto ela contava sobre as origens do origami com episódios que mais pareciam lendas do que dados históricos. As mulheres subitamente se tornavam crianças, alunas de primário vestidas com uniformes cinza. Ela também as ouvia. E se surpreendeu por não se chocar diante de seus crimes, seus erros, suas paixões desequilibradas, os enormes equívocos que as conduziram até ali. Quem era ela para medir suas culpas? Sequer se atrevia a formar uma opinião sobre aquela mulher grossa e hostil, a que ostentava escaravelhos tatuados em ambas as bochechas. Também ela, apesar da ira com que se atirava sobre as menores situações, teria uma explicação muito mais complexa do que alguém poderia concluir apressadamente sobre o tipo de pessoa que aparentava ser. Se não lhe falhava a memória, aquela mulher estava ali por "homicídio" e deveria passar 15 anos atrás das grades. Quando a senhora Keiko perguntou a Hiromi, sua filha única, qual era a diferença com relação ao termo "assassinato", que por sua vez determinava a longa sentença de outras duas reclusas, Hiromi primeiro foi irônica: "O homicídio está para o assassinato como o origami para uma colagem, uma questão de arte". E depois explicou que no primeiro nem a intenção nem a premeditação interfeririam, mas sim a paixão, o impulso e o acaso mais sombrio; enquanto, no segundo, todos os atos humanos se dirigiam à aniquilação de outro ser. A senhora Keiko então examinou mentalmente os rostos de suas alunas, tentando detectar o sentimento ou a motivação que as levara a empunhar uma arma, a dar um empurrão, a acender um fósforo, a rasgar a carne ou envenená-la, mas só enxergou olhos entristecidos, pois ainda que algumas mantivessem temperamentos afáveis, a verdade é que uma membrana de desilusão definia a intensidade daqueles olhares. Na sessão de origami seguinte, a senhora Keiko decidiu mostrar a elas como formar uma cobra em parafuso; ressaltou a paciência que era preciso para marcar as minúsculas escamas da pele e enfatizou o cuidado especial que deveriam ter no momento de erguer o poderoso pescoço do animal, a atitude de alerta e ataque da cabeça, enquanto o novelo do corpo permanecia em repouso, enroscado quase com timidez. Ao fim de três sessões, acabou que a mulher das tatuagens criou a cobra mais encantadora. Embora no origami tradicional se trabalhe com papel branco, sem cola nem outros detalhes, a senhora Keiko permitia que elas escolhessem peças de cor, nunca estampadas ou combinadas, cores puras que enfatizassem o caráter de suas criaturas. A mulher escolheu um longo retalho púrpura e fez com ele o réptil mais perigoso e vivo da oficina. A senhora Keiko pegou a cobra vermelha e a assentou com delicadeza sobre a palma da mão direita. Passeou a cobra em silêncio entre as demais alunas como se exibisse um troféu. Era um troféu. Era a vitória da perseverança, da concentração mental e do domínio manual sobre a mediocridade e a pressa do fugaz, do que morria antes mesmo de respirar. Ela sequer elogiou a curtíssima língua que brotava do réptil. Não fez comparações nem pediu comentários, como em outras dinâmicas. Considerava que o silêncio era uma homenagem singela, mas contundente. Voltou até a mesa da mulher tatuada e sorriu para ela. Naquele instante se lembrou de uma frase que o senhor Sugiyama usava com frequência para dar aos outros o benefício da dúvida: "Às vezes a vida é como a cor de um escaravelho". Primeiro se surpreendeu ao se deparar com os olhos frios da reclusa que quis destacar com todo aquele código de honra; depois estremeceu ao sentir que ali, naquelas retinas por onde já devia ter passado uma profunda e indecifrável tristeza, havia agora uma luz sinistra, acusatória. Soltou a peça perfeita de origami como se suas mãos queimassem.

Continuou indo à oficina, mas se certificou de voltar aos projetos simples, nos quais aquelas mulheres transtornadas não tivessem que exigir tanta energia de seus espíritos. O curso era pensado para que aquelas mentes se esquecessem por algumas horas de sua clausura, e ela se incumbiria de que continuasse sendo assim. Voltou às gaivotas, aos cisnes, às águas-vivas e corujas, que emergiam do papel com três dobras maiores e um ou outro acabamento necessário.

Por que será que as plantas debaixo da parreira pareciam mais bem tratadas do que as outras, que recebiam uma luz melhor? Nem sequer com o toldo de lona, que nas noites mais frias ela estendia entre os postes do corredor, aquelas plantinhas conseguiam se salvar de uma agonia vegetal lenta e tristíssima. Sem dúvida, pensou a senhora Keiko, ela não passava de uma idosa sofrendo por suas plantas. Devia sentir vergonha, especialmente porque – como dizia Hiromi, sua única filha – havia muita pobreza e muita delinquência na cidade, e as pessoas sofriam. Hiromi não tinha terminado os estudos, mas encontrou uma maneira de fazer o que sempre quis, jornalismo. Para ela, a morte do pai tinha sido uma libertação. Não precisava terminar nenhuma faculdade que a mantivesse atada às coisas de fábrica em que Colônia Okinawa tinha obtido êxito: os tecidos, a soja, os embutidos ou a importação de tecnologia. Não precisava ser comparada em silêncio à outra filha, a que o senhor Sugiyama teve com aquela mulher que trabalhava para ele, a florzinha bastarda que ele reconheceu como legítima. E tampouco era obrigada a voltar para Colônia, ao norte da província, para trabalhar de graça alguns dias por mês como faziam todos os outros jovens de ascendência japonesa. Podia aceitar uma vida como a de uma pessoa qualquer. Se tivesse desejado, inclusive, teria tido a possibilidade de solicitar uma bolsa em alguma universidade japonesa. O escritório consular havia beneficiado muitos descendentes das colônias sul-americanas com opções de estudo superior naquele longínquo primeiro mundo. Era uma forma de reparar os ramos quebrados da grande árvore genealógica, uma forma de recuperar aqueles filhos que a guerra tinha cuspido para lugares do planeta onde os esperavam a selva fechada, a água suja e indomável, os parasitas desconhecidos e, às vezes, também o amor e a prosperidade. Hiromi, no entanto, se sentia plenamente boliviana, oriental, camba,[3] e não se imaginava em outro lugar do planeta que clamasse por ela. A jovem usou o argumento de que o jornalismo é um ofício cultural, que deve se nutrir do imediato, e que de pouco lhe valeria se formar com padrões internacionais para depois ir trabalhar justo em uma cidade onde a violência não se manifestava com os estranhos contornos do Japão, mas sim de forma ordinária, sem poesia – era isso que havia dito, "sem poesia" –, sem um histórico de psicopatas que mereceram ter os miolos estourados.

---

3. Termo usado para designar os povos da Bolívia oriental – território que cobre dois terços do país. Existem, inclusive, alguns movimentos autonomistas, como o Nación Camba.

A senhora Keiko decidiu que cozinharia o prato preferido de Hiromi – pacu com milho cozido. Quem sabe assim a convocava. Se Emma, sua inquilina, gostasse, bom para ela; e se não, que se desse por satisfeita. Na verdade, dormitório e comida por mil e seiscentos pesos bolivianos mensais eram um privilégio que essa senhorita não encontraria em nenhum outro lugar. Claro que, por outro lado, a senhora Keiko se sentia tranquila. A inquilina não fumava e o volume de sua televisão e de sua música não era escandaloso. De dia permanecia no quarto, lia e anotava coisas, e de noite saía para suas aulas. Estudava literatura. A senhora Keiko não conseguia imaginar como se estudava isso. Estudar a leitura. Fazia tempo que ela não lia nada, nem sequer aqueles livros da infância que guardava em um baú de madeira e que estavam povoados de poesias curtinhas que deixavam a pessoa sem ar. Se lembrava, no entanto, que nunca tinha aberto aqueles livros sentindo que pudesse estudar algo neles; não eram textos escolares. Lia-os para estremecer. Com o dedo indicador, recorria os poemas para que nenhuma letra escapasse, tão breves e brilhantes eram, como aquelas velas de faísca estrelada que fabricaram por um tempo em Colônia, até que uma explosão os castigou. Seu pai havia dito que era justamente isso, um castigo. A pólvora, em estrelinhas ou em bombas, era o pior dos *bakemonos*.

Sem a menina – precisava admitir – esse irônico inverno tropical teria sido menos tolerável. Era uma pena que Hiromi e ela não tivessem se encontrado durante esses nove meses, ainda que a senhora Keiko tivesse o pressentimento de que não se dariam bem. Emma também era de ascendência japonesa e talvez isso tenha sido determinante para que se interessasse pelo cômodo, mas nunca tinha morado em Colônia Okinawa, de modo que não sabia nada daquela cultura. Por exemplo, quando a senhora Keiko mostrou a ela suas peças de origami, arregalou muito os olhos. Era a primeira vez que via um mundo de papel.

A própria Hiromi convencera a mãe a alugar o quarto de cima, já que não conseguiu persuadi-la a vender a casa, toda aquela casa absurda, com seu teto cônico e um pequeno campanário no alto, em meio àquela rua, no coração do bairro mais caótico da região, onde os ambulantes deram um jeito de se instalar nas feiras das quartas, deixando no ar um cheiro de frutas podres, álcool e frituras, uma brisa corrupta que não era capaz de dissuadir a mulher. Quando o senhor Sugiyama era vivo, instalaram ali uma loja de relógios feitos em Tóquio, onde o senhor Sugiyama tinha antepassados importantes e alguns parentes de certa prosperidade, depois montaram uma série de cabines de retratos instantâneos e depois um restaurante e depois nada. Eram os únicos japoneses burros, dizia o senhor Sugiyama, a quem o dinheiro escapava como um rato diante da visão de um búfalo. A senhora Keiko nunca tinha visto um búfalo em toda a sua vida de moça às margens do rio Grande, de forma que sempre suspeitou que todo aquele destino ácido era uma manifestação dos maus desejos de Braulia, a mulher com quem o senhor Sugiyama havia tido uma relação adúltera enquanto a senhora Keiko se recuperava do parto difícil, enquanto Hiromi dava seus primeiros passos, com os sapatinhos ao contrário, como uma marionete bamba, para corrigir um problema que ficou evidente desde o início e que minaria sua beleza. Já tinha a questão das orelhinhas de elfo que herdou do senhor Sugiyama. Mas claro que a senhora Keiko não podia confiar muito na própria memória, porque essa membrana, das lembranças e das coisas do cotidiano, do presente, se tornava cada vez mais delicada. Às vezes temia rompê-la só de esticar um dedo. Talvez fosse melhor assim, ficar com o genuíno e bondoso, com a amabilidade do senhor Sugiyama, o modo como construiu aquela casa de telhas vermelhas para que ela se sentisse segura. Seu marido havia feito de tudo para que os tecelões de redes e esteiras da região de Guarayos compreendessem o tipo de tapete que ele carregava na memória como se fosse um objeto concreto. Os guarayos teceram os tatames mais lindos que a senhora Keiko poderia imaginar. Seu lar, apesar de tudo, havia sido uma chama persistente naqueles anos de aventuras econômicas. A ideia de fazer do origami outra fonte de renda surgiu depois do falecimento do senhor Sugiyama. Ele teria se sentido ofendido. Por isso, quando ela estendia suas dobras de papel sobre a bancada, virava a fotografia do marido para a parede e apagava as velas do altarzinho. Que sua alma se elevasse longe de todas as misérias.

As aulas de origami tinham trazido uma rotina que a sustentava de outra maneira. Não que se sentisse mais jovem, mas a necessidade de comunicar com frases técnicas um conhecimento que havia praticado desde criança a obrigava a sair de si, a confiar em suas palavras. Hiromi foi quem a estimulou a ensinar sua arte como voluntária nas oficinas do presídio de mulheres e cuidou de toda a papelada para que sua mãe fosse admitida e lhe facilitassem o transporte. A senhora Keiko ia duas vezes por semana e levava ela mesma os recortes de papel. Suas oficineiras não eram muitas, mas ela se preparava como se fosse falar diante de uma multidão. Algumas daquelas mulheres eram criaturas rudes, mais amargas que a bile do frango. Sem a experiência daquela oficina, jamais teria imaginado a escuridão triste em que a ignorância é capaz de mergulhar a vontade das pessoas. Aquelas mulheres amargas não sabiam o que significava "dobrar ao meio" ou "marcar com uma linha diagonal". Com elas, teve que rever sua linguagem, as palavras com que nomeava as coisas. Algumas a olhavam com sorrisos agradecidos, que mal contrabalançavam o terrível peso de seus olhares. A que tinha os escaravelhos tatuados nas bochechas mal falava. A senhora Keiko não saberia dizer se a sua era a voz de uma homicida ou a de uma assassina – chamou tanto sua atenção essa diferença entre os impulsos criminosos de alguém –, se era uma voz grave ou com tons cristalinos. Embora a segunda possibilidade a desconcertasse, porque as mãos robustas daquela aluna não pressagiavam outra coisa senão trovões. Ainda a perturbava a perfeição da cobra coral que aquela reclusa havia confeccionado. Era um filhote de dragão a ponto de despertar de sua natureza inanimada, parecia feito com pinças. E tinha nascido daquelas mãos rudes e criminosas. Dessas sensações, nada contava a Hiromi, pois queria que ela mantivesse para si a satisfação de ter ajudado sua mãe a passar dias ativos, dividindo com outras pessoas a sabedoria transformadora do origami. Hiromi era uma boa filha, disso não tinha dúvida; talvez só precisasse tomar distância daquele lar em que ninguém, para dizer a verdade, havia sido muito feliz. Não se cansava de lembrar a si mesma que o senhor Sugiyama foi um bom homem, um bom marido. A culpa de tudo sempre fora daquela quarta convidada em sua mesa; da melancolia; do destino; daqueles animais simbólicos aos quais o senhor Sugiyama sempre culpava: o ano da serpente, especificamente, havia sido o pior dos anos. Essa foi a parte que ela tentou enterrar. Nem sempre com êxito.

A inquilina desceria a qualquer momento para o almoço. Não é que fosse de reclamar nem nada, ela mal falava, mas sua presença quieta era consistente e, de certo modo, agradável como a luz de uma lâmpada.

Acomodou a pá e as tesouras contra a última pilastra do corredor, perto das plantas mais desnutridas, e se despediu. Voltaria ao entardecer, disse a elas, quando o sol fosse apenas um fantasma, um suave vapor espectral cedendo diante de outra neblina, a da noite. Sacudiu seus chinelos raspando a sola contra a quina do corredor para não levar terra para o interior da casa. Suas costas já não aguentavam mais esfregar o chão três vezes por semana, então era muito mais cuidadosa do que antes em seus vaivéns entre o pomar e a cozinha. Por sorte, a terra com que alimentava suas criaturas era boa, solta como seu arroz, levinha, sobretudo a da esquina das ameixeiras. Ai, mas como não tinha lhe ocorrido antes? Que burra! A solução estava dentro de sua própria casa. E se transferisse partes da terra fértil das ameixeiras para a região seca, a das plantas tristes? Não seria preciso cavar fundo, não. Bastaria raspar a primeira camada de terra, a que recebe o orvalho e se nutre dele, e transportá-la para a esquina árida. A terra se cansa de drenar seus minerais para o mesmo fruto, era fundamental alternar os ciclos para que o solo recuperasse seu poder. Agora ela se lembrava dessas regras básicas de agricultura que seu pai havia lhe ensinado enquanto colhiam a soja, primeiro com técnicas manuais, depois, quando Katsuo pôde juntar suas forças infantis aos trabalhos de Colônia, com o maquinário pesado que conseguiram no crédito, amparados pelos projetos de apoio internacional que o governo do Japão instalou nos focos de migração nipônica. Era uma solução simples. Terra que ressuscita a terra. Faria isso depois do almoço.

A senhora Keiko e a inquilina comeram em silêncio. Não era, entretanto, um silêncio incômodo, mas uma forma de acompanharem uma à outra. A senhora Keiko tentava não comparar Emma com Hiromi, ou, melhor dizendo, Hiromi com Emma, mas admitia que se sentia muito mais à vontade com a estranha e que, se pensasse com rigor, foi assim desde o primeiro momento, quando a campainha a acordou – tinha dormido em frente à televisão – e ela abriu a grade sem pensar, sem sentir medo apesar de como o bairro havia se tornado perigoso. Ali estava a menina, o cabelo igualzinho ao da Virgem de Akita, liso, com a risca no meio, e um vestido de algodão celeste que a brisa morna de então agitava sobre seus joelhos. Ela negou ter sido a pessoa que telefonou pela manhã por conta do anúncio no jornal, mas garantiu que podia arcar com a fiança do cômodo e o primeiro mês de aluguel. Quem sabe se a senhora Keiko tivesse exigido a documentação que Hiromi indicou – uma carteira de identidade, xerox de alguma coisa, referências de trabalho e esse tipo de coisa que serve para respaldar a existência de uma pessoa – agora estivesse sentada em sua própria mesa almoçando com alguém mais complicado, um inquilino que deixaria tensos seus músculos das costas e maltrataria seu nervo ciático. Se alegrava por ter escolhido Emma sem muitas garantias, além de um cheque-caução que não cobrou por pudor, mas que certamente guardaria até que terminasse o contrato e a inquilina tivesse que recolher suas coisas – era apenas uma mochila... ah, e uma caixa de tamanho médio com alguns livros –, e se despedir para buscar outro destino. Por ora, as duas pareciam à vontade, em uma espécie de vida em comum tácita, delicada e perfeita como uma teia de aranha, saboreando o arroz feito chuva da senhora Keiko. Foi durante a sobremesa – pêssego em calda e um pedacinho de queijo menonita – que a senhora Keiko pediu à inquilina que a ajudasse a remover a terra fértil para depois transferi-la de uma esquina à outra do jardim. As plantas agradeceriam. Uma planta agradecida é como um duende, disse a senhora Keiko. Emma abriu os olhos igualmente rasgados e sorriu. Gostava desses contos aos que não tinha tido acesso, porque fora criada apenas por sua mãe, e sua mãe era uma cunumi, uma nativa sem educação que só tinha aprendido meia dúzia de palavras do homem que deixou a semente de Emma em seu útero. Lavava pratos em uma pensão. Não morava com ela porque a mulher enraizou em sua terra natal Urubichá e, além disso, porque havia se transformado em uma mulher tão triste que a pobre menina se sentia inútil. Quem sabe por isso estudasse literatura, fugindo dos pratos, da realidade, procurando duendes como o senhor Sugiyama havia procurado animais simbólicos aos quais culpar por sua má sorte. E agora a senhora Keiko ia colocá-la para manusear a terra. Devia recompensá-la de alguma forma.

– O que você quer em troca? – perguntou.

Emma se ergueu para recolher os pratos e levá-los até a pia. Abriu a torneira e se entreteve por um instante deixando que a água varresse os restos de comida. Também a menina tinha algo de triste que comovia a senhora Keiko. Quem sabe se preocupasse com a mãe. A senhora Keiko esperou alguns segundos pela resposta e então decidiu escalar um par de tacinhas de porcelana amarela para tomar chá verde. Gostava do tom que o líquido adquiria em contraste com o fulgor da porcelana.

– O que eu quero – disse a menina de repente – é que você faça uma boneca de origami pra mim.

A senhora Keiko tomou um golinho do chá verde tentando não se queimar. Seu pulso tremia mais do que de costume porque vinha trabalhando muito no jardim e talvez porque o dia estivesse particularmente frio. Nunca sentiu satisfação ou tranquilidade dobrando bonecas de origami; de todas as criaturas, aquelas estatuetas vaidosas pareciam as mais óbvias. Em Colônia todas as meninas montavam bonecas nas épocas natalinas e as colavam sobre um redondel de isopor. As bonecas brancas eram as Virgens logo após parir; as bonecas marrons faziam o papel do pai terreno, José; e as bonecas sem braços, apenas cabeça e um corpo meio de lagarta, eram pequenos deuses, minúsculos messias cujas cabeças as artesãs cobriam com purpurina para marcar seu status. Os pais das garotas traziam esses artesanatos de Santa Cruz e os vendiam por um preço que na época era uma fortuna. A senhora Keiko se lembrava dessas bonecas como seres comuns que não possuíam nenhum segredo. Se lembrava que uma boneca jovem, por exemplo, precisava de mais dobras do que uma dama antiga. Era um paradoxo. Apenas uma vez, há muitos anos, ela havia concebido duas bonecas gêmeas. Fez isso para provar a si mesma que sua *shinrei* era maior do que seu orgulho ferido, tão digna e bondosa como a de sua mãe, capaz de transcender nas coisas mais humildes, como o carismático espantalho da fazenda, ou nas dimensões mais sublimes, como a geada deslumbrante da madrugada. Então, ela recortou um papel finíssimo, como o das folhas de uma bíblia, e construiu duas bonequinhas de mãos dadas, em uma única e contínua dobradura, como siamesas. Era impossível se lembrar agora de como havia construído tal obra. Pensava nisso, não com soberba, mas com o assombro que produzia nela essa antiga Keiko, essa mulher que tinha amado e tinha sofrido como qualquer outra diante do escorregadio amor de um homem. Será que o senhor Sugiyama a amara profundamente? A teria amado com o ardor daquelas fogueiras que ficava contemplando até se assegurar de que as fornalhas onde os frangos assavam haviam se extinguido por inteiro? A teria amado assim? Talvez não. E dessa verdade vergonhosa tirou a força e a justificativa para o que aconteceu no ano da serpente.

Usaria papel púrpura para dar vida à criatura que Emma pedia. Mas então se lembrou de que tinha deixado seus materiais no cofre designado para ela na sala de atividades manuais da cadeia. A ré dos escaravelhos, a mais rebelde, a que sempre preferiu ser chamada por seu número de registro, ainda que no âmbito dos cursos fosse permitido usar seus nomes verdadeiros, tinha se apropriado de todo o papel púrpura.

Ela quer armar um jardim de sangue!, comentou outra estudante para provocar alguma reação. Às vezes riam às gargalhadas, mas logo voltavam à calma que suas tarefas manuais requeriam.

*

O primeiro monte de terra preta que transportaram com os baldes se parecia tanto com o trabalho das formigas tropicais que, quando Emma comentou isso, a senhora Keiko desatou a rir. Sim, as duas tinham os olhos amendoados, pretos como o carvão, e talvez se parecessem com uma dupla de formigas trabalhadoras. As coisas que essa menina a fazia imaginar!

– Lá dentro – Emma disse –, debaixo da terra, elas constroem túneis muito longos. É uma arquitetura magnífica, tão perfeita que alguém com o tamanho delas pensaria se tratar de um castelo. Os túneis se conectam como as veias que entram e saem do coração. As formigas menorzinhas se perdem nesses labirintos. Existem quartos também, pequenas células onde uma formiga pode ficar quieta por um longo tempo, enquanto as outras passam ao largo numa fileira militar perfeita. A rainha tem seu próprio quarto e põe ali seus maravilhosos ovos. As humildes levam alimento pra ela. Por fim, quando os ovos arrebentam e a nova geração nasce, a rainha morre. É sempre melhor ser parte do batalhão, da longa fila, porque assim nunca se está sozinho.

Isso tudo Emma explicou de um modo tão entusiasmado e vívido que a senhora Keiko olhou para o chão, para o amontoado de terra que elas mesmas tinham juntado para transferir de uma esquina à outra do jardim, e identificou naquela negrura gelada a vida invisível das formigas, e sentiu que seu peito se apertava, ainda que a inquietasse não saber por quê. Se era ternura ou surpresa, se tremia de velhice ou de emoção, se era um deslumbramento tão distinto de tudo, que o mundo deixaria de ser o que conhecera até então. Olhou para Emma com olhos novos, seus olhos asiáticos. Eram olhos grandes, de formiga.

Chinesa encardida, olhos de formiga... Não era assim que cantavam para ela as colegas de ensino médio, quando seu pai por fim decidiu mandá-la para estudar sozinha na capital? Ela deixava que a chamassem de "chinesa", que a chamassem de "vietnamita", que a chamassem de "japa", "japachina", "japona cagona", "made in China" e outras rimas ridículas que sua memória antiga já vinha purgando. Talvez sua inquilina tenha tido que suportar zombarias semelhantes, ainda que ela soubesse que esses tempos modernos incitavam outros tipos de crueldade e que as pessoas não eram tão bobas a ponto de não apreciar os olhos belíssimos de Emma, seus olhos amplos como a noite. Hiromi tinha lhe contado, por exemplo, de uma proposta repugnante que um colega fez a ela. Desde aquele relato de sua filha, a palavra "exótica" a enchia de raiva, de nojo. Era realmente triste ser uma idosa tremulante. Era ainda mais triste comprovar o que secretamente sempre soube: que ela acabava por ser mais forte que o senhor Sugiyama. E ali seguia, pedindo ajuda à sua inquilina para manter com vida as plantas do jardim.

Emma quis continuar cavando. Tinha feito duas tranças em seu cabelo escuro para poder trabalhar de forma mais prática. De joelhos sobre a terra não passava de uma criança. Pegou uma lagartixa que não fez nada para escapar, a acariciou por alguns segundos e a soltou com benevolência. A lagartixa escorreu pela terra mexida. A senhora Keiko devia tê-la interrompido bem ali, no momento em que Emma se ajoelha, perdoa a vida da lagartixa, sorri para ela com uma vaga felicidade e acomoda suas tranças atrás das orelhas de duende, as mesmas que o senhor Sugiyama ostentava como a herança mais digna de sua família original.

Sim, a senhora Keiko devia ter ligado os pontos precisamente naqueles segundos, quando Emma, as mãos cheias de terra fresca, levanta seu rostinho e sorri para ela. Se a senhora Keiko tivesse tido mais lucidez, teria notado que sua inquilina não sentia frio, ainda que o vento sul já se intensificasse e uma garoa tão leve como seu arroz bicasse as cabeças delas, as plantas, o beiral do corredor. Em vez disso, a senhora Keiko se deteve por um instante em outra ideia. Como um pássaro indeciso entre o ramo e o fruto, a senhora Keiko se regozijou ao pensar que, quando chovia, o mundo parecia bom, coberto pelo véu translúcido da água.

A senhora Keiko aperta as pálpebras. Emma agora é aquela menina que há tantos anos tocou a campainha da casa, não a principal, mas a da grande porta do restaurante. A mulher que a traz – Braulia – a empurra suavemente. A menina diz que procura o senhor Sugiyama. A pele cor de canela contradiz os olhos asiáticos. A senhora Keiko sente que seu coração se transforma em uma máquina cheia de pás, dessas que seu pai adquiriu quando começaram com a fábrica de macarrão. Pás que acabarão esquartejando os órgãos que acusam sua dor: o coração, o estômago, os pulmões, os ovários. Todos os que têm a ver com amar, possuir, respirar, entender e perdoar.

A recém-chegada traz um cesto pequeno coberto com um pano de tecido nas cores próprias dos guarayos, um violeta brilhante desafiando o amarelo ouro. A senhora Keiko quer se concentrar nesse presente, no pano colorido que cobre a surpresa. A menina diz que é para ela. Estica os bracinhos.

Emma esticou os braços desnudos. Continuava ajoelhada no meio daquele reino de terra remexida.

– Está boa essa quantidade? – perguntou.

A senhora Keiko mal podia falar com aquelas pás interiores a esquartejando. Eram a mesma. Emma e aquela criança. A criança. A que trouxe com tanta mansidão aquela cestinha, como se fosse uma oferenda. As mesmas orelhinhas. Os olhos.

A senhora Keiko pega a cesta. A criança pergunta pelo senhor Sugiyama. É seu pai, diz. O senhor Sugiyama sai da cozinha, seca as mãos no avental. Não está surpreso. Caminha até a criança e a repreende por ter ido de chinelo.

Diz, no entanto, que lhe comprará sapatos novos.

A senhora Keiko coloca a cesta sobre a mesa. Certamente há pães ou esses tabletes de doce de laranja-azeda que os guarayos cozinham e vendem tão barato, ignorantes de seu valor, distantes da ansiedade que é vender para ganhar. É tão humilhante que essa criança tenha lhe trazido um presente.

– Devo continuar cavando? – perguntou a inquilina. Seus joelhos foram se fundindo à terra. A senhora Keiko sentiu que seu peito se aquecia. Era ternura por essa menina que não se importava de se sujar por ela e por suas plantas agonizantes.

A criança que o senhor Sugiyama acolhe em sua casa sem consultar sua esposa é instalada no mesmo quarto que Hiromi. São irmãs – sentencia o senhor Sugiyama –, têm quase a mesma idade e as duas irão herdar o restaurante. A senhora Keiko se acostuma a essa oscilação constante entre a humilhação e a pena. A criança não tem culpa. Aquela mulher, Braulia, a empurrou para essa vida com aquela cesta. Não eram pães nem geleias de laranja-azeda. Dentro havia uma porção de ovos grandes. A empregada que limpa o chão a adverte de que aquele presente pode ser um trabalho de bruxos guarayos, os piores. Diz que ela deve enterrá-los. A senhora Keiko cava com as próprias mãos um buraco no jardim – em que lugar?, bem onde cultiva as cerejas?, onde tenta levar adiante um enxerto de mandrágoras que nunca chegam a florescer? onde? – ali, ali onde Emma está ajoelhada, como se acabasse de acordar de um sonho subterrâneo, ali enterra os ovos.

– Essa terra é morna – disse Emma, convidando-a com a mão a aproximar-se do trabalho de agricultura. A senhora Keiko ficou em dúvida se deveria se aproximar da menina. Agora sentia um medo estranho. Olhar para Emma cheia de barro, rodeada daquelas raízes fininhas que emergiram da confusão de terra a perturbou.

Não são de frango os ovos. Não são de pássaros que darão um jeito de romper a casca com seus bicos ainda moles, tremendo desnudos, sem o menor indício da plumagem que virão a ter. São ovos contidos apenas por um tecido sólido e que ela deposita com enorme cuidado no buraco do jardim.

– É morna, mas amarga. Depois acostuma – sussurrou a inquilina. Sua voz havia se enfraquecido. Pareceu ter ficado repentinamente triste. Uma lembrança física demais havia se instalado entre as duas. Entre a senhora Keiko e sua inquilina.

Os ovos são de cobra coral. Nem a empregada que limpa o chão nem a senhora Keiko se atrevem a rompê-los para exterminar as crias. Teria que mandá-los de volta à guaraya Braulia antes que a maldade avançasse em seu lar como uma onda expansiva de pólvora e veneno. O senhor Sugiyama também é responsável, mas o senhor Sugiyama não fará nada e nunca lhe dirá onde mora aquela mulher, a guaraya.

– Prova – disse Emma, levando ela mesma um punhado de terra molhada à boca. – É puro mineral. Os meninos pobres comem terra por isso. Os corpos procuram naturalmente o que os alimenta. Prova.

Uma tarde Hiromi e sua irmã estão brincando no jardim. Que não pisem nas sementes de cereja, são delicadíssimas, pede a senhora Keiko. As meninas se aquietam um pouco, se deitam na relva com os braços abertos como espantalhos exaustos de suportar o vento e as fezes dos urubus. As meninas não se dão mal, mas Hiromi ainda custa a aceitar a irmã. A senhora Keiko a ensina a construir irmãzinhas de papel com uma peça única de papel de seda. Hiromi sempre parte a duplinha em dois. Então a senhora Keiko as deixa brincar no jardim, para que não haja reflexão que as perturbe. Eles já não têm mais o restaurante; agora importam relógios de Tóquio. As meninas herdarão isso, um negócio que marca as horas, os minutos e os segundos com agulhas de ouro, aço e titânio. Enquanto isso, nessa infância multiplicada, não há um tempo dominado por agulhas, de modo que a senhora Keiko as deixa pisotear a grama nutrida com adubo, os ossos de suas plantas, os galhos sustentados pela fé.

– Tem gente que se cura das feridas com terra – disse a inquilina com a voz cada vez mais enfraquecida e, no entanto, certa do que dizia. A senhora Keiko sentiu pena dos joelhos da menina, ainda encravados na vala, embora ela parecesse não perceber o esforço feito por suas pernas. Era outra vez uma criança travessa em seu reino de terra.

Não há como saber que a filha de Braulia foi picada pelas corais. São 3:59 da manhã, segundo diz o pêndulo que o senhor Sugiyama pendurou entre os biombos decorativos. Não há marcas de presa nem hematomas em seu corpo indolente, e a febre é confundida com o calor da tarde, com as brincadeiras no jardim, com a alegria de ter sapatos, e quando a garganta se fecha e a senhora Keiko bombeia seu tórax instintivamente, já não há nada a ser feito. E então a senhora Keiko descobre na nuca, onde termina o couro cabeludo e começa a espinha, nessa perfeita filigrana de cálcio, dois pontinhos, como se fossem pintas desenhadas com tinta chinesa.

– Eu curei as minhas – disse Emma.

A senhora Keiko já não tinha dúvidas. Soube que as coisas precisavam ser assim. Era o certo. Levantou o olhar e deixou que os últimos raios de *komorebi* acariciassem seu rosto velho. Quis perguntar a Emma se apesar das feridas que a terra havia curado, algo ainda doía. Não nos joelhos, que a essa altura das tarefas agrícolas daquele entardecer estranho já deviam estar totalmente adormecidos, mas algo em sua memória. Um sentimento de injustiça, talvez; uma pontada de raiva pelos artifícios em que seu destino havia se enrolado – quis explicar a ela que também por isso o origami era um caminho, uma luz, porque jamais utilizava artifícios para solucionar uma forma, mas percebeu que seria estúpido falar de origamis naquele momento transcendental. E quis abraçar a inquilina e acariciar suas orelhas de duende que certamente haviam escutado tantas coisas naqueles anos de espera.

– Tudo foi apenas uma triste interrupção. *Shoganai*, Emma, *shoganai...* – disse por fim a senhora Keiko.

Emma não a corrigiu. Entendia. O tempo sem agulhas de ouro, de aço ou de titânio, o tempo subterrâneo das formigas lhe deu outra linguagem. Seus olhos rasgados viam o que também a senhora Keiko começava a ver.

A senhora Keiko e a pequena Hiromi cavam um poço fundo no jardim. A senhora Keiko não para de gemer enquanto envolve em um lençol o corpo ainda dócil da filha de Braulia. E tapa a boca quando Hiromi atira o primeiro punhado de terra. E morde seus punhos e chupa as unhas sujas quando instala vasos provisórios sobre o lugar. Aquele lugar. Quando o senhor Sugiyama voltar de Tóquio dirá a ele que a criança se foi, que pegou todos os pares de sapatos e se foi. Dirá isso para que o senhor Sugiyama não sinta tanta tristeza imaginando a menina com aqueles chinelos degradantes que estragam a elegância das mulheres.

– Vem – disse a senhora Keiko, se ajoelhando ela também, com dificuldade. Era definitivamente velha, mas ainda podia ordenar a suas articulações que lhe concedessem uma posição, que a sustentassem nessa última etapa da vida.

Emma apoiou sua cabeça no seio da senhora Keiko. Nem em sua mais disparatada imaginação senil a senhora Keiko a teria imaginado assim, com essa doçura dos que sabem meditar. Emma tinha crescido e estava ali, presenteando-a com a aura de sua juventude. Porque era isso, uma aura, um esplendor que havia encontrado uma forma de se materializar. Era uma corrente de *ukiyo* se alimentando da terra fresca para tomar a forma de um rosto, de tranças de cabelo escuro, de um corpo elástico que remendou sua interrupção.

Porque tudo havia sido apenas isso. Uma interrupção. Um

corte na linearidade de um origami perfeito. Um talho na continuidade do tempo. Não era isso? Apenas uma fissura que agora podiam resolver. E se Hiromi quisesse, ela também poderia vir, ajoelhar-se sobre aquela festa de terra preta e abraçar sua irmã ou limpar o musgo de sua carinha.

O senhor Sugiyama volta de Tóquio e, se suspeita de algo, prefere não perguntar. Tampouco sua saúde impõe maior resistência quando um câncer agressivo mastiga seus ossos e os enche de um vento frio. Consulta os livros de mitologia oriental e aceita que aquele ano será o último. Fecha o restaurante para não legar dívidas, liquida os relógios que ainda comercializa no varejo, instala máquinas baratas de revelação de fotografias para deixar algum negocinho na casa e manda consertar as goteiras do teto. O senhor Sugiyama perdeu vários centímetros de estatura e seu dorso se adianta, dando a ele um aspecto taurino quando Braulia vem uma tarde e lhe entrega um vidro cheio de óleo para a dor. A senhora Keiko baixa os olhos.

– As sementes já são a flor... e só respiram debaixo da terra – disse a senhora Keiko no ouvido direito de Emma. Se achou ridícula por tentar um daqueles poemas de pólvora que havia lido há mil anos em seus textos escolares em Colônia. De toda maneira, se sentia calma segurando a garota em seu abraço e quis inventar outro poema para ela, quis dizê-lo em sua outra orelhinha de elfo, afastando a trança com sua mão trêmula. Um *haiku*-fagulha para consolá-la por todo aquele tempo interrompido, quebrado, roubado, para lhe devolver algo da vida não vivida. Quis se lembrar de um que brilhava em sua memória – "acender uma vela em outra vela..." – mas não pôde completá-lo, não encontrou o caminho que a levasse ao encontro entre a semente e sua cereja. Fechou os olhos e aspirou profundamente o aroma do cabelo mineral da garota. Quis apertá-la mais, sentir vivas as suas vértebras, mas não soube se tinha forças para fazê-lo ou se a sua *shinrei* já havia se desprendido. Como saber? Já não havia como. Apenas luz ou escuridão, uma mesma dobra. Escuridão e luz.

A MANSIDÃO

I

– E era quente esse líquido viscoso que deixaram em você?
– Quente?
– Morno. Viscoso. Era um líquido como a clara do ovo? A clara, Elise, assim que a casca se quebra...
– Sim. Acho que sim. Não sei. Eu achei que fosse o sangue do mês.
– E, no entanto, não era. Era a semente de um homem.
– Sim, Pastor Jacob. Eu tô dizendo a verdade.
– A verdade é sempre maior que os servos. Ainda mais se a serva se distraiu, se não se cuidou como exige o Senhor. Nós vamos determinar qual é a verdade. Conforme registramos no seu primeiro depoimento, você estava imersa em um torpor estranho, como se tivesse oferecido a vontade ao Diabo.
– Eu nunca ofereceria minha vontade ao Diabo, Pastor Jacob.
– Não diga "nunca", Elise. Somos fracos. Você é muito fraca, como se vê.
– Eu estava dormindo, Pastor Jacob.
– Isso você já disse.
– ... Meu pai vai vir na reunião dos ministros?

– Não. O irmão Walter Lowen não pode comparecer à reunião. Ele já está muito ocupado com a desonra e as atribulações. Vá, Elise, diga à sua mãe que traga os lençóis daquela noite, vamos examiná-los. E que ninguém os toque. Tudo é impuro agora, entende?
– Sim, irmão Jacob.

II

Seu pai olha para ela por alguns segundos e logo afasta os olhos. Envergonhado, pensa Elise, ou enojado. Ou ambas as coisas. Volta a se ocupar de imediato do assunto que os levou até ali, até esse vilarejo às margens da vida. Esse conjunto de casas não se parece em nada com a colônia. São construções dispersas, obstinadas em alcançar algum retalho desse céu sujo, sem pássaros. Dois ou três prédios horríveis de tijolo exposto e janelas mesquinhas reinam em toda essa lama. Elise olha para seus sapatos e pensa que deveria tirá-los, cuidar melhor deles caso seu pé cresça. Já tem quinze, claro, mas ouviu que os pés de sua avó Anna cresceram até que teve o primeiro filho, aos dezoito. Ela é muito parecida com a velha Anna: os olhos quase transparentes, o rosto redondo, como se estivesse maquinando soluções ou louvores. Nela também, quando canta, as veias da têmpora brotam azuis como riachos subterrâneos. Isso é cantar com amor, seu pai diz. Ou dizia. Porque depois da última tempestade o mundo se precipitou sobre ela.

Elise entende palavras salpicadas do espanhol que seu pai utiliza para fazer as transações com o índio. "Trator", "lua" e "quinhentos pesos" é o que Elise compreende. Ainda que não esteja muito certa da última. Também poderia ser "quinhentos queijos". No ano anterior, quando a tempestade de junho inundou o rio e os canais artificiais, e afogou sem um pingo de piedade as plantações de soja, Walter Lowen, seu pai, se virou aumentando a produção de queijo. Ela pediu com humildade que ele lhe permitisse acompanhá-lo à feira de Santa Cruz para ajudar a vender os queijos. Eram mais de quinhentos retângulos perfeitamente coalhados, com o melhor leite, levemente dourados pelos poucos raios de sol que penetravam as janelas altas do galpão onde as mulheres se encarregavam da desmoldagem. Daquela vez entendeu pouco, quase nada, do que seu pai falava com os compradores. Alguns olhavam para ela sem dissimular, talvez elaborando razões genéticas malucas para compreender os inquietantes olhos albinos, e murmuravam algo ou sorriam para ela. Elise era bonita? Não propriamente, mas tinha que agradecer ao Senhor a composição definida de seu rosto, a forma como o queixo se apertava contra o lábio inferior, um pouco mais grosso que o superior, e que era o que, segundo a própria avó Anna, exigia que ela fosse mais discreta, se protegesse melhor.

Proteger-se. Contra a tempestade que destruía tudo a violentas dentadas de eletricidade e água. Proteger-se, sim, contra os desígnios do Senhor! E que Walter Lowen jamais a escutasse blasfemando assim.

Ainda que fosse provável que seu pai também blasfemasse. Ela o havia encontrado chorando com ira no galpão, enquanto tocava fogo nos lençóis ensanguentados, depois que finalmente os devolveram, após dias de discussão na reunião de anciões e ministros. E chorando, quando, no meio da noite, como se fossem ladrões de lanternas, de luzes alheias, o pai, Elise, a mãe e os irmãos subiram os bens mais importantes na carroça: o cofrinho oxidado com as economias, as malas de roupa, o edredom de tulipas cuidadosamente bordadas em pontos cheios tão gordinhos que incitavam a tocá-los e tocá-los, os álbuns e as fitas-cassete com as imagens e as vozes de seus mortos. Não eram eles que deveriam ir embora. Mas eram eles que iriam. "Não olhem pra trás", ordenou Walter Lowen, e ela então apoiou sua cabeça coberta unicamente pelo lenço sobre o ombro macio de sua mãe, e se concentrou no chacoalhar da carroça que marcava, sob suas rodas de ferro, cada buraco, cada um dos talhos que a tempestade havia fendido nos caminhos. Sua cabeça contra o peito de sua mãe, com cheiro de soro, cebola e baunilha, o desejo mais forte que seu jovem espírito de deixar tudo para trás, de não olhar, como exigia Walter Lowen, que repetiu justamente isso, "não olhem pra trás", até que a frase não fez mais sentido porque outro povoado com suas tentações modernas começou a prefigurar inevitável no que parecia ser o horizonte.

III

– Enquanto o Diabo te possuía, Elise, ele te dizia alguma coisa? Sussurrava coisas no seu ouvido? O Diabo sussurra. Sua voz não deve ter parecido muito autoritária, não é? O Diabo seduz.

– Foi o Diabo que me seduziu, Pastor Jacob? Eu achei que fosse o irmão Joshua Klassen. Acho que tinha os olhos dele e a pinta em forma de arroz perto da boca... Eu pensei...

– Quantos detalhes, Elise! Mas você diz que "acha". O Diabo cria essas coisas na imaginação, quando ela se rebela, e submete o temor a Deus. E os seus pais, Elise, o que estavam fazendo? Soubemos que o irmão Walter Lowen estava tentando assinar alguns

contratos com um supermercado em Santa Cruz. Se ele tivesse dividido essas tarefas com a comunidade, teria cumprido com todos os seus deveres. A ambição corroeu sua temperança. Seus pais não vigiaram sua educação, Elise. Eles falharam em manter a disciplina sob seu teto: eles também são responsáveis por esse episódio de maldade. Você é uma vítima das tentações do mundo e, por isso, nós, ministros, clamamos ao Senhor por piedade. Piedade pra você, pequena Elise, e piedade pros seus pais e irmãos que estão agora tão envergonhados.

– O que vai acontecer com a gente, Pastor Jacob?

– Vocês têm que se recolher muito, Elise. É preciso olhar pra dentro, pras coisas do lar. Por um tempo, você não vai trabalhar na terra e nem na queijaria do seu pai. Você pode aperfeiçoar outras virtudes, Elise. A Assembleia vai fazer alguns negócios com o povo de Urubichá. Eles tecem redes coloridas, mas são ruins com as flores, com as representações da natureza, que é sempre o melhor enfeite. Você pode tecer ou bordar peças assim, modelos humildes e harmoniosos que agradem ao Senhor. Tudo na sua própria casa. Agora você vai ter que cuidar desse fruto, não é?

– Desse... fruto?

– É seu, Elise. Se o Senhor permite que esse coração bata no seu ventre jovem, é preciso agradecer. É fruto do seu corpo.

– Mas... esse fruto não é do Diabo, Pastor Jacob? Não é o fruto dessa sedução que o senhor falou?

IV

O terreno para o qual se mudaram é vizinho desse vilarejo. Nem precisaram erguer chalés porque antes deles os Welkel já haviam desertado, e foi esse clã que os acolheu enquanto construíam seus próprios cômodos. A mão direita que ajuda a esquerda. Ninguém os proibiu de dizer "desertamos", não é preciso mentir. Elise ainda sente falta da luz brilhante de Manitoba, mas este sol atônito tampouco permitiu que escondessem algum segredo. Não se trata de um êxodo, é uma fuga. Começam outra história.

Um dia dirão: Mateo Welkel respaldou Walter Lowen com os trâmites do crédito e a compra de um trator. Essa foi a gênese. Antes da tempestade, depois da tempestade. E, em seguida, o trator.

Faz três meses que, dividindo os riscos, começaram a alugar o maquinário e sua própria força de trabalho para as obras que proliferam na região. É incrível como aquele trator, com suas fantásticas rodas de borracha, pode erguer tamanha quantidade de material. Há algo de comovente na força determinada do trator arrastando os resíduos de um lado para o outro como faria uma besta. É um verdadeiro Golias! Quando os contratos de trabalho terminam e a besta dorme seu cansaço, os quinze filhos Welkel, exceto Leah Welkel, montam apressados naquele trono alto de comandos e alavancas. Leah os olha de baixo e se despede dos irmãos com gestos exagerados e infinitas bênçãos, como se o trator fosse alçar voo a qualquer momento até um lugar do universo aonde só os garotos vão.

– Vem, Leah – Elise a chama.

Elise prefere deixar que Leah faça uma rede de tranças encantadora em seu cabelo avermelhado.

– Onde você arrumou esse cabelo, Elise? – Leah pergunta de vez em quando, como se Elise não tivesse explicado incontáveis vezes que ela é o espelho atual de sua avó Anna, e que no clã do Canadá as mulheres nascem com essas madeixas quase roxas. Mas é preciso ter paciência com Leah Welkel, porque ela pertence a esse tipo de seres humanos que nascem com dificuldade para guardar na cabeça as tantas coisas que acontecem em um dia. O mais velho e o sétimo dos Welkel também são incapazes de apreender a realidade em suas cabeças. Deus os quis pobres e pequenos em todos os aspectos. É o preço por terem ficado na mesma colônia por tanto tempo, geração após geração. No fim, a pessoa se casa com o próprio primo, aceita que parte da colheita vai estragar, renuncia à perfeição.

Também possuíram a Leah, e Leah contou que o mesmo aconteceu com dois de seus irmãos. Seu pai mandou não falarem disso, purificar a ferida com o silêncio.

– Mas eu não sei como ser obediente – disse Leah com os olhos celestes úmidos, cheios de culpa.

Elise não sente mais pena da estupidez santa de Leah do que sente de si mesma. Ter pena de si mesmo é uma forma pela qual a soberba, o mais refinado dos pecados, escorre pelas frestas da alma, disse o Pastor Jacob em um sermão, mas Elise não consegue evitar. Em algum lugar há de existir misericórdia para ela. Não possuíram o Pastor Jacob. O Pastor Jacob não vai ficar sozinho pelo resto da vida, de sua longa vida, porque sua mulher já o deixou com uma vasta descendência. Elise, por sua vez, vai ter que cuidar de seus pais até o fim, especialmente porque o Senhor ceifou o ventre de sua mãe; e ela, Elise, é a última Lowen de Manitoba.

– Você não terá um marido, é verdade – disse o Pastor Jacob durante seu primeiro depoimento, apertando seus ombros –, mas terá um filho, um fruto.

Os mamilos da pobre Elise estremeceram quando o Pastor Jacob a sentenciou daquela maneira. Ela olhou para os pássaros e só viu orgulho e beleza em seu voo alto. Olhou para as vacas, seus olhos lânguidos e misericordiosos, e se sentiu melhor. Se não fosse pecado, se tudo não fosse pecado, ela teria desatado a mugir ali mesmo, no meio da fazenda. Sim, porque ainda que naquele momento não soubesse, eram as vacas, entre todas as coisas, as criaturas de que Elise mais sentiria falta, com o coração batendo como as asas de um besouro. Não daqueles rouxinóis sem alma nem das árvores colossais e de barriga inchada feito uma fêmea grávida.

V

– Elise, nós nos enganamos. Você não é a única garota que foi tomada durante a noite. Há muitas outras, Elise. Muitas. É uma terrível abominação.

– E como vocês vão fazer justiça?

– Temos que reunir forças, Elise. O conselho de anciões jejuará. As mães jejuarão.

– E depois do jejum, Pastor Jacob?

– O jejum nos trará luz, Elise. Que o desespero não te governe. O Diabo se aproveita dessas misérias.

– Mas se a comissão já sabe que não foi o Diabo, Pastor Jacob... Foi o irmão Klassen, no meu caso. Se não, por que prenderam ele? E as outras meninas, Pastor Jacob? A Margareta, a Katarina, a Aganetha e a Lorrae estão acusando o irmão Dick Fuster.

– O Diabo se apodera de nossas vontades, Elise, pequena. Por acaso seus pais não te ensinaram isso? Eu mesmo, no sermão,

não adverti vocês das artimanhas do Diabo? O irmão Klassen caiu nelas, assim como você, como a Katarina, a Aganetha ou o irmão Fuster. Nos faltou observância.

— Pastor Jacob...

— Diga, Elise.

— Vocês vão castigar eles, né?

— Eles terão que fazer muita penitência, sim. Terão que trabalhar muito pra comunidade, muito mais que os outros homens...

— Mas vocês vão castigar eles, não é? A penitência não é um castigo, Pastor Jacob.

— Essas querelas intelectuais na sua cabeça jovem são inúteis, Elise. De agora em diante vou conversar apenas com o seu pai. Já temos todos os depoimentos de que precisamos. Suas palavras, nós já temos. Você e as outras estavam dormindo. O Senhor as abençoou com um sono profundo pra que não houvesse traumas, pra que vocês perdoem sem dificuldade. Essa tragédia nos dói a todos tanto quanto a você, Elise.

— Tanto quanto a mim, Pastor Jacob?

— Vá, Elise Lowen. Entre em casa e ajude a sua mãe.

VI

Desta vez, longe das leis de Manitoba, Walter Lowen permitiu que Elise o acompanhasse às obras que o índio gerencia, enquanto o resto das mulheres assa biscoitos e desenforma queijos – agora não muitos – em um quarto tão pequeno que é impossível não sair cheirando àquele aroma docemente azedo das vacas.

O índio e seu pai trabalharam o dia todo, alternando-se para escavar e remover a terra que brota e brota inesgotável do poço que vai se formando. Elise se aproxima aos poucos e espia essa tripa estreita, e sente angústia e vertigem, então acomoda o chapéu de palha em cima do lenço e volta a se sentar sobre os materiais de construção, olhando os dois homens. Que pálido e que alto parece seu pai junto ao homenzinho de feições contundentes, os malares desafiadores como pedras ígneas rasgadas pelo sol com a força da luz. Que seu pai tivesse chorado na cabine telefônica, enquanto anotava o número do Canadá da avó Anna, agora parece incrível. Ela entendeu que a velha Anna lhe disse: "Você tem que fazer alguma coisa". E foi assim que subiram as coisas na carroça de madrugada e não olharam para trás.

Quando o poço já é um cilindro negro, uma obra bem-feita, os dois homens tomam a limonada que Elise oferece. Eles cheiram a bicho, como as vacas que os fazendeiros traziam de volta depois de cruzá-las, não uma, mas muitas vezes. O trabalho faz isso, extrai tudo de animal que o Senhor permitiu que permanecesse em nós, mas também o purifica. Elise sente náuseas e pergunta a seu pai se pode voltar para casa; sabe que está perguntando uma idiotice, que ele não a deixaria caminhar sozinha nesse mundo de lama para o qual se mudaram; mas é que suas próprias vidas mudaram, não podem negar isso, e talvez agora Walter Lowen decida que o importante é sobreviver, estarem juntos, inclusive perdoá-la.

Mas Walter Lowen a manda ficar. O índio e ele esperam uma terceira pessoa e Elise deve acompanhá-lo até o fim, até terminar o dia. Não era isso que ela queria? Não é isso o que você deseja, Elise? Ocupar com fidalguia o lugar de um filho homem? ... Não importa se está prenha, melhor ainda se estiver prenha de um menino. Um pequeno Lowen. Vamos precisar de muitos corpos pra levar adiante essas vidas em Santa Cruz, pra nos manter fiéis a Deus quando tudo está contra nós. Acontece que, por incrível que pareça, na cidade Deus se enfraquece e se assusta, se encurrala na obscuridade das ações.

Elise se recompõe, alisa o vestido de flores gigantes e põe sobre o nariz o lenço que, além de cobrir sua cabeça avelã, quase roxa, dá uma volta em seu pescoço; supera o enjoo; acaricia instintivamente o vulto que semearam dentro de si, ela em profunda inconsciência, como uma anunciação bastarda.

O índio olha para o ventre de Elise por um instante e logo parece esquecê-lo, distraído pelo breve desfile de colegiais que a essa hora saem ou escapam lépidas e faceiras das aulas. Elise também se esquece por um instante do vulto vivo que come sua juventude por dentro, ali onde ninguém nunca havia estado antes, não até aquela noite, depois da tempestade. Olha para as meninas com seus uniformes brancos e azuis e sente suas risadas como agulhas de ouro bordando texturas invisíveis no ar, flutuando sobre a música de seus celulares, uma música que é uma vibração furiosa e feliz. Olha para os sapatos esportivos que calçam, as panturrilhas bronzeadas, os cabelos curtos, as bochechas altas, sem pecados, apenas rubor e uma intensidade desconhecida. E nessa contemplação se percebe absurda e só.

Walter Lowen, por sua vez, não se distrai. É um homem ainda jovem, acostumado a transações rápidas e a fazer negócios com muita clareza. Ainda assim, Elise intui certa inquietação, um nervosismo diferente nos gestos rudes de seu pai. Não encontra, entre as palavras que vai aprendendo em espanhol, nenhuma que lhe permita compreender a conversa entre os dois homens. Não consegue saber que, de certo modo, agora falam de política.

– Você não tem medo que os jornalistas apareçam? Eles são bem enxeridos – diz o índio. Com a boca apertada, mastiga bolinhos de coca que tira de um saco plástico. Também a isso cheira esse homem. Desde que carrega o vulto dentro, se mexendo com um regozijo que vai arrebentando seus quadris adolescentes, para Elise tudo é cheiro. Mas do cheiro do índio, de sua boca escura espremendo o suco vegetal, ela gosta. Cheira a mata. Uma mata suja e profunda.

– Por isso desertamos, também – explica Walter Lowen. – É uma vergonha – diz, mexendo a cabeça para espantar os corvos invisíveis de suas lembranças.

– Na sua religião é proibido matar, né? – diz o índio quase sorrindo, os dentes fortes manchados por aquele mato amargo.

– Esse poder é apenas de Deus. É assim que eles ensinam, foi assim que todos nós aprendemos – diz Walter Lowen.

Causa graça ao índio o sotaque fortemente oriental do menonita, as palavras mutiladas pela respiração cheia de oxigênio. *Como seria se Walter Lowen tivesse levado sua família a um povoado montanhoso? El Alto, por exemplo. Ali nada teria ficado impune. Os homens teriam se levantado cheios de coragem e com uma fome de lobos, e as mulheres, pior ainda, essas sim. Gasolina, querosene, álcool, paus, dinamite, pedras, o que quer que fosse, elas teriam pegado pra fazer justiça. E o culpado – ai do culpado! – seria transformado em uma enorme tocha de redenção, ia clamar por piedade até que sua garganta arrebentasse, enquanto as pessoas fincariam nele sua punição. Mas esses menonitas orientais confiam demais. Quando muito, desertam – como esse senhor, Walter Lowen, feito um soldado da Guerra do Chaco.*

Mas a Pachamama não enterra o passado assim, sem mais nem menos. Nem que fossem alemães orientais, ou seja lá o quê, nem assim fariam três sinais da cruz e deixariam por isso mesmo.

– Primeiro eu achei que você tinha desertado por causa do governo. Porque agora já não se pode mais ter tanta terra pra uma pessoa só, nem um grupo grande como os menonitas – diz o índio. – No Paraguai também foram expropriados. Antes, claro, vocês gringos das seitas vinham a convite dos governos. O MNR[1] foi o mais aberto. O Víctor Paz Estenssoro, com a Revolução da Reforma Agrária de 52, dividiu as terras como se fosse chicha ou singani.[2] Toma, fica pra você, falou pros japoneses; toma, pra você, falou pros menonitas. Trabalhadores nas minas; camponeses semeando, dizia. Claro que eram terras bem fechadas, né? Vocês tiveram que trabalhar duro na terra, domar a mata, abrir caminho, erguer suas casinhas, né? Mas se você olhar bem, senhor Lowen, não há mal que não venha pra bem; é assim e ponto. O que aconteceu com a sua filha obrigou o senhor a fugir como o Diabo foge da cruz. – O índio ri de sua ironia, satisfeito por essa sagacidade cultural que nasce de algum lugar mais profundo que seu próprio temperamento.

– Foi uma tragédia...

– Me desculpa, senhor Lowen, mas é verdade. Você deixou Manitoba logo antes do governo chegar pra lotear aquelas

---
[1]. Movimento Nacionalista Revolucionário. Partido político boliviano fundado em 1942 por Carlos Montenegro e cujo presidente foi seu cunhado, Augusto Céspedes. Governou a Bolívia nas presidências de Víctor Paz Estenssoro, Hernán Siles Zuazo e Gonzalo Sánchez de Lozada.
[2]. Carne e uma espécie de rum.

terras. Devem ser muito lindas, aquelas terras. Você desertou bem a tempo, senhor Lowen. Bem-vindo a essa parte, senhor Lowen – ri o índio, a tempo de colocar outro bolo daquele ouro verde maravilhoso que em Elise produz tanto desejo. Não ser vaca e comer, louca de alegria, o pasto terno das pradarias.

VII

"Você vai ser minha mulher, Elise Lowen. Quando eu quiser. Que nem essa noite. Hoje você é minha fêmea. Eu vou entrar em você pela noite, nos seus sonhos. Vou vir sempre e vou levar comigo sua respiração. Como ela é quente. E que gostoso é o seu pescoço."

– Elise, Elise, acorda, Elise.

– Mãe?

– Com o que você estava sonhando, Elise? Não sonha assim, minha filha. Esquece, esquece.

– Mãe...

– A gente vai embora, Elise. Me ajuda. Recolhe a roupa. Põe nossos sapatos numa caixa.

– A gente vai? Pra onde?

– Pra longe, Elise. Pra Santa Cruz. Você vai parir lá.

VIII

É esse, diz Walter Lowen, apontando com seu queixo ruivo o homem de macacão azul que se aproxima. O índio pega outro bolo de coca. Elise também queria colocar algo na boca, uma floresta inteira, folhas e flores, até espinhos, para se aquietar e aquietar o vulto que se revolta contra sua pélvis, golpeando com teimosia, como se o corpinho da jovem não fosse lar suficiente para alguém, como uma asfixia que cresce por dentro e por fora. É que Elise reconheceu o homem da tempestade. Quer dizer, não o reconheceu; não deveria reconhecê-lo, não teria como, mas a pinta em forma de arroz do homem funciona como aqueles pontos a partir dos quais se começa um desenho. É seu medo que completa os traços daquele rosto tão próximo ao seu. Não confia em suas lembranças e, no entanto, ainda sente uma agulhada que parte seu peito e faz com que um vendaval negro a atravesse, rasgando-a como se rasga um corte de tecido, de ponta a ponta, sem a possibilidade de voltar a costurá-lo. Ela se lembra de que dormia, cansada de carregar os moldes de queijo do galpão até o refeitório do chalé, já que o rio desbordado pela tempestade avançava como um demônio, um monstro que se rompia em mil tentáculos de água, entrando nos galpões. Os chalés se salvavam porque estavam sustentados por estacas fortíssimas que os homens da comunidade haviam ancorado nas colinas, ajudando uns aos outros. Ela dormia, enfim, quando aquele cheiro pestilento, aquela mistura de veneno, detergente e suor, a tomou como uma névoa, o enxofre que o Pastor Jacob dizia que o Diabo deixava ao passar.

Tá gostando, Elise? Já tinha feito isso antes? Nem em sonho, né?

Walter Lowen teve que aceitar que sua filhinha, a virgem Elise Lowen, havia sido a eleita do inimigo. Era uma provação para todos. A princípio, Elise não negou, não corrigiu, não dividiu suas suspeitas. Mas logo a visão de Joshua Klassen se impôs, esfregando nela o spray que usava para fazer o gado dormir quando tinha que mexer nos animais, fosse para castrá-los, curar os cascos ou arrancar novilhos mortos. Foi ele, Elise disse, então. Mas o rumor de que o Diabo havia instalado um reinado temporário em Manitoba já era uma verdade imensa, como era verdade a meia-lua em sua barriguinha de menina.

Já tinha feito isso antes?

Mas aí estava ele outra vez, Joshua Klassen. Diante dela, como um fantasma olfativo, o rastro nefasto daquele spray entorpecente que naquela noite esmagou para sempre a dignidade do chalé Lowen.

Você vai ser minha mulher. Eu vou entrar nas suas noites, no seu corpo, sentir seu pescoço. Sempre. Vou entrar, Elise. E pega a mão jovem de Elise e com ela rodeia seu membro ereto, a obriga a saber, mesmo na inconsciência vil, que é nessa áspide que o Diabo fermenta as suas. *Você cheira a bezerro, Elise. Eu gosto assim. Assim. E o seu choro, Elise, como me excita. Vai, chora na minha orelha, bezerrinha Lowen.*

Não, não é a consciência de Elise que se lembra de Joshua Klassen levantando sua camisola, tirando sua calcinha de algodão, salivando em sua vulva apertada, subindo sobre ela como uma vez ela mesma o havia surpreendido, que horror, fazendo com a pobre vaca dos Welkel, a quem ela secretamente chamava de "Carolina", como em um conto canadense que a velha Anna tinha narrado para ela, advertindo-a, entretanto, que era uma ofensa dar nome aos animais, porque o Senhor os havia posto sobre a face da Terra para que o homem os dominasse. E sim, Joshua Klassen tinha dominado Carolina com a mesma lascívia asquerosa com que tinha tomado Elise no sonho de enxofre. *Vou entrar em você do mesmo jeito que entrei na vaca. Você vai mugir no meu ouvido, Elise Lowen.*

De modo que ela não entende por que seu pai, Walter Lowen, a obrigou a ficar. Será que espera que ela peça perdão pelo seu pecado, pela vergonha, pela deserção? Que esclareça que não foi ela quem caiu na terrível tentação, na armadilha hedionda de aerosol e baba, e que seus sussurros produziram asco nela, mesmo na inconsciência? Não é correto que Elise sinta o que sente, mas o relâmpago da abominação a faz querer ser filha do índio. Teria se sentido bem mais protegida.

Elise, no entanto, se agarra à sua última mansidão quando Walter Lowen passa a mão por suas costas, sustentando suavemente essa coluna de garotinha que vai cedendo, curvando-se ante as demandas do útero crescido. Confia nele e no muito que seu pai lhe ama. No entanto, o conhece muito bem, e sabe que é capaz de dar a outra face sem pestanejar. Como quando convidou para jantar em sua própria mesa o ladrão que havia surrupiado sua mochila com os salários de seis meses. Pagou a ele uma viagem de Santa Cruz a Manitoba e fez com que servissem pratos fartos ao homem. Para demonstrar o quê? Que Deus o havia abençoado com um espírito mais generoso? Que tinha a habilidade de transformar uma ofensa em amizade? "É apenas dinheiro; não me roubou nada de importante", explicou Lowen na ocasião. Desta vez não se trata de dinheiro e, ainda assim, seu pai está disposto a oferecer de novo a face já tantas vezes machucada. Desta vez se trata dela. Neste caso, pensa Elise, contendo a vontade de chorar, é a sua face, seu ventre, é o seu futuro insultado, enlameado, sujo. Elise olha transtornada para o pai, quer que ele explique por que convidou o irmão Klassen para esse encontro absurdo. Que lhe explique, por favor.

Alheio a essas ideias que lutam como aves carniceiras na cabeça de Elise, Walter Lowen olha fixamente para Joshua Klassen e dá as boas-vindas a ele. Em plautdietsch,[3] diz:

– Que bom que você veio, irmão Joshua, hoje vamos fazer negócios.

E Joshua Klassen sorri e se atreve a sorrir para Elise, sem ceder nem por um segundo a baixar a vista até o ventre em que deixou uma semente indesejada. Pobre Elise, pobre Carolina.

O índio também se aproxima. Estende a mão ao recém-chegado.

– Então você é o Joshua – sorri o índio. Elise começa a simpatizar com esse sorriso, começa a compreendê-lo. A lama, os prédios horríveis de tijolo exposto, essa natureza urbana de árvores amareladas, já não parecem tão feios. Há algo que o índio pode fazer por ela, pelos Lowen, Elise intui.

– O negócio é o seguinte – o índio começa sua explicação, convidando os menonitas a se aproximarem do poço de terra ainda fresca. – Você não pode construir nada próspero, nem uma humilde cabana, se não pedir perdão.

– Perdão? – Joshua Klassen franze as sobrancelhas. – Pedir perdão pra quem? – Olha furioso, vermelho, para seu irmão desertor, com quem talvez nem devesse se reunir, agora que toda a colônia se envergonha de sua covardia. Fugir, fugir do destino. Belo filho de Deus!

– À Pachamama, ora, pra quem mais? Não pode só pedir pra ela dar firmeza ao seu cimento. É preciso oferecer algum fruto, um feto de lhama, uns doces, alguma coisa! – ri o índio

---

[3]. Baixo alemão menonita.

com convulsões de felicidade. Elise quer voltar a sentir isso, cócegas, os pulmões a ponto de explodir porque a vida toda é brilhante demais para que a suportemos em sua nudez.

Joshua Klassen se contagia com a gargalhada poderosa do índio. Elise o vê tremer nessa risada emprestada, embriagando-se de algo, de um bem-estar imerecido, supõe, vacilando o corpo enorme que seu pai não foi capaz de enfrentar, as mãos peludas, tudo de animal que o Senhor permitiu em nós. Elise o odeia. Talvez por isso não consiga distinguir bem o lampejo de felicidade que passa por ela quando os acontecimentos se desencadeiam perfeitos em sua violência, súbitos e lindos em sua simplicidade: O índio, ainda rindo, empurra Joshua Klassen ao poço fundíssimo, enquanto Walter Lowen, desertando uma vez mais de sua própria salvação, sobe em um pulo no trator e começa a devolver à garganta da obra o que haviam usurpado durante todo o dia. Monte a monte, a terra vai cobrindo os gritos, primeiro furiosos, incrédulos, depois desesperados, de Joshua Klassen.

– É um sacrifício – o índio diz, enquanto espalha sua folha de resina apetitosa sobre essa improvisada *chullpa*.[4] – Fica tranquila, Pachamama – parece que reza. – É um sacrifício – diz.

Elise não sabe o que significa essa palavra em espanhol, "sacrifício", mas não é sua consciência que precisa entender, e sim seu coração de menina. Esse coração assustado que agora a obriga, como um animal fiel, a estirar as mãos brancas e calejadas e pegar punhados de terra, com cuidado, com

---
4. Espécie de mausoléu.

fúria, quebrando as unhas. Olha para esses punhados como se fosse a primeira vez que entra em contato com a consistência granulosa de sua matéria e os atira sobre o monte de terra como uma oferenda própria, um raminho de flores sujas e preciosas. Por ela, por Leah Welkel e por Carolina. Também por Carolina.

SOCORRO

— Esses meninos não são do seu marido – disse a transtornada da Socorro no café da manhã, olhando para os gêmeos, que disputavam a direção de um drone Flypro, um presente de León que me pareceu excessivo.

Sorri, tentando desarmar a tensão que comprimia minhas bochechas de um jeito artificial parecido com o efeito do botox que eu tinha notado em minha própria mãe só de pôr os olhos nela. Mas em mim não era botox, e sim a tendência dos meus músculos de se compactarem como escudos inúteis. Era claro que minhas maçãs do rosto rígidas feito punhos não poderiam me defender dos ataques de Socorro. Não via minha tia há muitos anos, mas por mais que me esforçasse para identificar alguma deterioração mais acentuada que a de uma membrana de tempo sobre seus traços mais relaxados – tão distintos do timbre meio estridente de sua voz –, só podia observar quão bem a loucura havia lhe protegido da violência da vida. Quantos anos teria essa doida? Cinquenta, sessenta anos? Calculei que devia ser uma década mais jovem que mamãe, que continuava se negando a precisar o ano de seu nascimento, tornando difícil marcar ritos nessa família sem-vergonha de duas, ela e Socorro, Socorro e ela, desde o princípio dos tempos. Por trás do vapor de sua xícara de leite – porque a doida tomava leite fervido com açúcar, certamente arrastando resíduos de sua infância –, sua cara parecia ressurgir de um sonho.

– Esses meninos – continuou a louca da Socorro – são a encarnação do seu primo. Olha esses queixos! Esses olhos! Ai, que olhos!

Nesse instante não sei se me chocou mais a calúnia da louca ou a gargalhada com que acompanhou o que parecia ser uma advertência.

Por que era tão difícil para mim sentir simpatia pela pobre mulher? Eu tinha inclusive estudado psicologia clínica em Córdoba e me especializado em Boston em "objetos umbrais" da percepção limite – zona árida de se estudar e de se explicar – e durante minha experiência profissional, que não era vasta mas era constante, consegui equilibrar condições psíquicas totalmente desajustadas. Poderia classificar Socorro com facilidade – os tratamentos pré-históricos com eletrochoque haviam transformado o que poderia ter sido um único surto isolado de psicose juvenil em uma personalidade perturbada, realmente no limite – e ainda assim havia algo na maneira como ela formulava sua linguagem que me expelia da zona tolerável de interação. Senti piedade dos terapeutas locais que tiveram que tratar dela, ainda por cima lidando com as perguntas cheias de ignorância e soberba da minha mãe. Quem sabe nos enunciados doentios de Socorro não houvesse uma intenção que qualquer guru – desses que ultimamente misturavam meia dúzia de conceitos de psicologia com essa fanfarra que é o pensamento metafísico – chamaria de "maligna", e que eu, amparada por teorias clínicas mais convencionais, conseguia detectar como "ressentida", ou "negativamente eufórica". Naturalmente, não se tratava daquele tipo de ressentimento meio nostálgico, ou melancolicamente narcisista, que possuem alguns artistas esquecidos ou os boxeadores que tiveram o cérebro destruído, mas que mantêm suas medalhas penduradas nas paredes, pendendo do humilde prego do fetichismo. Socorro exalava uma dor putrefata, uma secreção incorpórea que excedia os problemas neurológicos, tão hipervalorizados, diga-se de passagem. Era assim, com essas estratagemas da neurose excessiva, que defendia essa família de duas formada com sua irmã, minha mãe. Tenho que admitir, contudo, que pensar nisso me deixava exausta. León se libertava com facilidade das manias da codificação acadêmica, mas eu nem de férias me dava uma trégua.

– Do que vocês estão falando, garotas? – interveio León, nos dando, mais para ela do que para mim, um sorriso luminoso, tão consciente de sua substância viril que por alguns instantes estremeci como nas primeiras fases da paixão. Socorro, no entanto, era imune a esses impulsos sexuais, esses lampejos de libido social.

– Estava falando pra sua mulher que esses meninos são a cópia fiel do original – Socorro saboreou sua estocada. Tive que repetir para mim mesma algumas vezes que a mulher nunca havia estado em seu juízo perfeito e que regateava, como podia, seu território afetivo. Não devia ser fácil receber na casa nova, reparada apenas no que havia de mais urgente, um clã completo que, sejamos honestos, não tinha nada a ver com ela. Socorro e mamãe tinham se virado sozinhas durante mais de meia vida e estavam bem assim. Cada uma em seu delírio.

León olhou para mim, ainda sorridente. Claro que não entendia nada e queria que eu, a expert em malucos, traduzisse o destempero da minha tia, que tornara mais compreensível a atmosfera que iríamos respirar durante essas férias forçadas. (Mas quem havia nos obrigado a vir? Mamãe nunca deixou claro que sentia nossa falta, mas eu enxergava essa visita de verão como parte dos meus deveres filiais).

Não houve tempo para que traduzisse nada. Socorro prosseguiu:

– São idênticos ao enforcadinho, são a reencarnação dele – sentenciou. E voltou a rir, desta vez tão forte que mamãe teve que vir da cozinha e conter todo esse arroubo de demência matutina, afinal de contas, era só o café da manhã e um dia longuíssimo nos aguardava.

– Socorro! Já chega!

No meio da manhã fomos ao Santuário de Cotoca. Mamãe queria ofertar os gêmeos na missa dominical. León e eu havíamos tido um animado desacordo a respeito, que não chegou a se tornar um conflito porque meu marido assumia uma identidade imperturbável quando saíamos de férias, uma capacidade de autoalienação que eu invejava, porque no meu caso as pausas só serviam para iluminar as regiões da minha vida habitadas por fantasmas. Já León se cobraria pela ofensa ética a seu elaborado ateísmo apenas no retorno a Fayetteville, onde a voz quase viril de mamãe, voz de fumante, e o olhar de gesso da Virgenzinha de Cotoca, não maculassem a temperança de sua personalidade acadêmica.

Socorro se manteve quieta na primeira metade da missa, e até se benzeu da forma correta. Estava bem adestrada, e não pensava em pôr mamãe contra si justamente quando se sentia rodeada de intrusos ou inimigos. Já havia lhe dado trabalho suficiente de manhãzinha, ao se negar a espremer seus seios com o extrator a pilhas para aliviar os princípios de uma mastite. Porém, depois do sermão, um relato bastante coerente sobre a ira de Jesus contra a incapacidade da figueira de dar frutos, Socorro começou a se inquietar. Reconheci o impulso de cerrar as mãos hiperativas e pensei em contê-la, mas temi que o contato físico a exasperasse. De forma alternada, e sem indícios de vergonha, começou a apertar cada um de seus peitos como se quisesse arrancá-los, voltar quem sabe ao mais sólido e concreto dela mesma: seu esterno. Também exalava aquele cheiro ácido dos queijos caipiras que secretam um soro transparente e viscoso como o plasma de uma ferida. Quando se deu paz, Socorro sorriu para mim de um modo tão consciente de sua própria loucura que não pude evitar um calafrio. Ou talvez só estivesse ficando resfriada. Um resfriado seria, a essa altura, um alívio, uma causa, uma razão científica e microscopicamente comprovável. Em todo caso, pensei, agora prestando atenção à sua linguagem, a suas rimas obsessivas, ao seu corpo serpenteante, um resfriado seria o cenário perfeito para todos os calafrios, para todos os tremores, para todas as convulsões.

Quão psicótica podia se tornar a fala. Eu estava farta. Farta de tudo, de mim, de León e sua contenção, das tetas de Socorro, dessa viagem maldita. Não ser um santo de gesso, o cérebro uma massa compacta, as mãos levitando como pombas em um gesto de falsa misericórdia, as retinas celestes – por que sempre celestes? – observando sem piscar a dor dos demais, o brilho da superstição nos olhos desesperados do povo.

Socorro também observava os santos com um interesse que parecia genuíno. Os inquiria mentalmente? Pedia algo a eles? Por um instante pude vê-la na essência de seus obscuros quinze anos, convulsionando à mercê dos eletrodos, entregando a possibilidade de uma vida àqueles terminais de estupidez. Olhei de soslaio seus peitos doentes, seus quadris arrasados pelos antigos estrógenos, e vislumbrei a garotinha psicótica. Havia em nossa família de mulheres um impulso de convulsão que mal podíamos dissimular.

De volta à casa de mamãe, esgotados da caminhada pelo mercado de artesanato e com as cabeças quentes desse sol que fazia grudar a poeira no couro cabeludo, decidimos parar um pouco na baía artificial do rio Kiiye. Os empreendimentos turísticos promoveram um florescimento de restaurantes na ampla praia do rio. A parafernália do hedonismo tropical não tinha limites: ali se viam redes de juta estendidas entre os ipês para que se alugasse uma sesta de algumas horas, equipamentos de pesca, massagens com óleo de rícino, passeios guiados ou individuais de caiaque e até um tradutor que, por cinco pesos bolivianos a cada palavra, escrevia postais em guarani e em chiquitano conforme a carga sentimental do cliente. Ouvi alguém pedir a palavra febre e o tradutor dizer "akanundú". Depois esse alguém pagou mais dez pesos bolivianos pelo sol e pela lua. O tradutor escreveu: "curací" e "yacií". Me perguntei como se diria entranhas, melancolia ou pânico. E também terapia. Mas não fiz o esforço de me levantar e pagar por uma tradução.

Se me perguntassem, eu diria que "terapia" significa, neste e em todos os idiomas: "jogar a merda para fora", "comer excremento", "ordenhar a putrefação".

Mamãe disse que os gêmeos mereciam um prêmio por terem se portado como dois arcanjos durante a missa folclórica. Porque é preciso dizer que se algo deixou tolerável o ritual religioso foi o programa de músicas e as interpretações de violino da orquestra, composta por crianças locais que haviam se formado com bolsas para indígenas nos institutos da Gran Chiquitania. León não se furtou a sussurrar no meu ouvido que, assim como o holocausto havia alavancado a pesquisa científica, a evangelização jesuítica parecia ter fecundado uma arte fresca, selvagem, muito pura nessas criaturas de cabelos duros. O inferno arde em paradoxos, me disse León bem no momento da eucaristia, e sua voz chicoteou minha coluna vertebral como um açoite amoroso. Sempre me excitaram sua inteligência e sua maldade sutil. Era bom desejar meu marido. Era triste não poder expressar isso da melhor maneira. Postergava constantemente, com algum colega, a necessidade de expor essa contenção. Enquanto as dinâmicas afetivas permanecessem em um nível saudável de funcionalidade, não tinha por que destinar energia a essas zonas. O contrário implicaria em uma neurose muito mais desarranjada do que a que cochilava como parte estrutural da minha personalidade. Nesse meio tempo, mantive um caderno no qual anotava trechos incômodos. Assim os chamava, "trechos incômodos", o que exigia que me movesse em direção a algum lugar, ainda que não tivesse me detido muito a pensar qual. Isso que me ocorria agora combinava perfeitamente com essas páginas do caderno. Era, sem dúvida, um trecho incômodo que eu precisava atravessar sem delatar minhas contraturas. Era o que uma pessoa – sim, uma pessoa, qualquer pessoa – precisava para continuar sustentando o esqueleto de uma vida. Ou não era nisso que consistia o êxito da terapia que eu tinha projetado e que me levou a dar umas quantas palestras na selva acadêmica? Uma alquimia delicada de senso prático e disposição para manter a sanidade. Claro, não faltaram fundamentalistas da linha de Freud para criticar meus postulados, considerando-os ineficientes, de resultados temporários e perigosos, incapazes de decantar em uma catarse libertadora.

Mas aqui estava eu, pondo à prova as bases de minha sabedoria clínica, quase resignada com o fato de que a dramatização autônoma de Socorro me ditasse a próxima linha do roteiro. Olhei para os meus filhos, logo deixariam para trás essa puberdade impenetrável, e não soube dizer se eles realmente a estavam aproveitando.

– O clima está perfeito pra vocês pegarem o monstrinho de vocês – disse a eles, sorrindo da maneira mais amistosa que me era possível. – Não está ventando, e isso aqui é puro mato.

Os gêmeos pegaram o drone; León o programou para que enviasse sinais aos óculos de realidade aumentada que havia dado a si mesmo, mas que na verdade completava o desproporcional presente dos meninos. Sendo honesta, tive que admitir que era uma invenção fantástica e que enterrava para sempre os brinquedos já pré-históricos que eu havia sonhado para eles. Também quis pilotar um pouco. Pus as lentes e tentei movimentos modestos, sem me aventurar em "picados", "rasantes", "voo zenital", "abduções" ou outros desses termos de aeronáutica *amateur* que faziam parte de sua linguagem cada vez mais mecânica. Pude ver, a partir da significativa altura que o aparelhinho alcançava, ângulos curiosos da cidade. Era difícil me lembrar do sentimento de ser parte natural dela. O estrangeirismo se fazia presente no regresso e no estar fora. O panorama vertical proporcionado pelo drone desnaturalizava a paisagem, o planeta, a própria vida. Claro que isso lhe adicionava uma beleza insuspeita e me fazia valorizar de outra forma o sentido da visão. A areia da baía turística artificial parecia a pele de um mamífero gigantesco que tinha se deitado para dormir uma sesta. Um elefante ou um búfalo ruivo vencido pelo peso de sua própria mitologia. Através do pássaro postiço me maravilhei também com as copas dos ipês. Tinham florescido com uma obscenidade e um esplendor que me expulsavam. Essas árvores já não eram minhas, por mais belas que fossem suas flores amarelas, minhas favoritas. De modo que olhar para elas dessa altitude soberba me curava. Era assim que se superavam os traumas e as nostalgias, com uma vontade férrea de desapego. Vistos do céu, os ipês não eram mais que células planas que o vento algum dia terminaria por desfolhar.

Quando terminei meu tour aéreo pelas áreas rurais, pedi aos gêmeos que tirassem algumas fotos e que não se esquecessem de me enviar por e-mail. Depois teria tempo para esvaziar essa memória e não ferir mais a minha. Procurei minha mãe com os olhos e avistei-a debaixo dos guarda-sóis coloridos. Socorro abraçava os joelhos; talvez dessa forma protegesse os peitos doloridos, inflamados de prolactina. E essa posição adolescente contrastava com seu cabelo branco, fofo, rebelde.

– Vamos beber alguma coisa – ordenou mamãe, batendo duas palminhas, como em um baile de flamenco. Vi o prazer em seu rosto super bem-cuidado quando o garçom se aproximou solícito para pegar o pedido.

Mamãe e Socorro pediram cada uma sua própria limonada e León pediu um copo de chope para a gente. Enfim, mamãe ia dirigir porque era dona e senhora da van que tinha comprado há apenas dois meses no crédito e que certamente confirmava esse status ambivalente de mulher abastada e sozinha, cuidando de sua irmã desajustada. Nem toda essa fotografia era desconhecida para mim. Das conversas dominicais por Skype, e pelas vezes em que mamãe havia nos visitado em Fayetteville – sem Socorro – dava para extrair os contornos de uma vida que funcionava sem tropeços em sua dinâmica, em seus vícios secretos, em seus podres íntimos. Pelo alívio que sentia quando essas conversas e visitas terminavam, podia deduzir sobre mim mesma que eu não tinha a valentia ou a determinação de voltar a me aproximar de minha mãe e reconectar o que quer que fosse que algum dia tivesse existido entre nós, para além, claro, do amor tácito que supunha deveres. Como este em que estava embarcada agora.

Tirei os sapatos. Me tranquilizou o contato áspero com essa areia tropical, tão diferente à seda pouco granulosa dos oceanos dos Estados Unidos. As férias terminavam por ser o que eu antecipara. Se minha profissão havia me dado alguma coisa, na constante análise de subjetividades devastadas por fantasmas escorregadios, difíceis de apreender, era uma capacidade profética – que, ao invés de me tranquilizar, quase sempre me amargurava. Mas eu tinha razão: nada ia ser fácil na casa de minha mãe. Não experimentaria a alegria de qualquer descobrimento infantil – mamãe havia doado, queimado ou jogado fora quase tudo – nem o consolo inesperado de alguma reparação. Nela permaneciam, irredutíveis, a fúria de Socorro e o carinho distante de mamãe, que nem sequer com os gêmeos se suavizava.

Sorvi o líquido lentamente, agradecendo o amargor saudável da cevada, e me senti melhor constituída com a certeza de que faltavam apenas duas semanas; em um piscar de olhos estaríamos nos despedindo, certificando com a Vigilância Sanitária o translado de empanadas de frango congeladas, os dois quilos de charque que mamãe nos prometia a cada manhã e que inevitavelmente me faziam pensar em contrabando de cadáveres dissecados a sal e sol – rituais que, no fim das contas, eram vazios, e que produziam em mim um cansaço imenso, mas que executaria com o objetivo de não desencadear nenhuma tormenta.

Mamãe e León se entregaram a uma conversa apaixonada sobre o aquecimento global. O papo não era isento de conflitos. Mamãe defendia com ferocidade toda a construção da baía de Kiiye. Por aqueles dias León tinha aproveitado para recolher informações, fazer perguntas, tirar algumas fotos com o drone, enfim. Tudo que pudesse aportar algum exotismo – isso era, claro, interpretação minha – a um ensaio que preparava sobre uma nova moda curiosamente chamada *antropologia sensorial*, era mais que bem-vindo. E mamãe era uma fonte entusiasmada, especialmente porque era boa com datas. Contou pela enésima vez a saga climática do ano em que nasci e que coincidiu com seu divórcio – "Foram dois meses de uma garoa persistente; tudo se enchia de fungos, a pele, a roupa, os lençóis, tudo... Eu acredito que a gente estava amaldiçoado" –; León ligou secretamente o gravador de seu iPhone (ainda que não fosse necessário, pois mamãe sempre foi nula com coisas técnicas). Socorro acompanhava a história com efeitos especiais que León gravava como prova preciosa da famigerada *antropologia sensorial*. Se mamãe dizia que havia chovido durante semanas, Socorro estalava a língua imitando o som desesperador daquela chuva que papai tinha aproveitado para não dormir na cama matrimonial; se mamãe dizia que das entranhas da parede que separava seu casarão da varanda do vizinho brotava um som cavernoso e que ela nunca acreditou que fossem gases naturais do antiquíssimo material de alvenaria, mas sim o chamado de algum *entierro*[1] repleto de libras esterlinas, Socorro grunhia imitando o que considerava ser um rumor do além-túmulo, e quando León perguntou o que era um *entierro* as duas disputaram a vez para falar e explicar ao gringo a forma antiga pela qual as pessoas passavam aos filhos e netos as riquezas acumuladas nos anos de privação. Às vezes os filhos constatavam nos sonhos que precisavam derrubar alguma parede para descobrir, com um alívio doloroso, que eram donos de uma riqueza inimaginável. A anedota me fez pensar em Freud e tive que lhe dar alguma razão, estávamos inexoravelmente ligados aos pecados e às obsessões de nossos pais, a seus *entierros*, à putrefação de sua herança nas entranhas de uma parede silenciosa, cheia de olhos e ouvidos. Precisei me levantar e caminhar sozinha pela beira do rio.

Era incrível como a indústria do turismo tinha recriado inclusive o empuxo da água, a força da corrente que não se dirigia a nenhum mar. Ou sim? Ou os inventores desse universo

---

[1]. A palavra se refere a uma prática antiga comum na região oriental da Bolívia. Consistia em guardar um tesouro dentro da parede. Contratava-se um pedreiro, que erguia um muro de cimento e tijolo, e alocava o tesouro no interior dessa construção.

também tinham achado um jeito de abrir um curso secreto e libertador até o litoral? E pensar que os gêmeos não sabiam o que era ser educado sobre a base de um complexo, de uma carência constituinte. Eu sempre sentiria a ausência do mar e sempre cultivaria a ridícula esperança de que os chilenos um dia nos pedissem perdão por todo o ultraje histórico e nos devolvessem aquilo que haviam mutilado: a água, sua vastidão verdadeira. Que loucura.

– Por que Socorro disse aquilo? – León me assustou. Devia ter se passado uma meia hora, e eu fui entrando no rio, convocada não apenas pela inércia da água, mas também pelos golfinhos rosados bebês que o município se empenhava em criar em um sistema ecológico que não era o seu. Os mais novos não se aventuravam nos saltos esportivos que os adultos ostentavam como se recebessem um ordenado invejável, por outro lado deixavam acariciar seus bicos, franzindo os belíssimos olhos.

– Você está me ouvindo? Por que a sua tia te provoca com esse assunto?

– O do "enforcadinho"? – suspirei. Só queria continuar acariciando os bicos dos golfinhos bebês, e em vez disso León me puxava para a margem hiper-real. Estava me esforçando para me manter estável na corrente. A cerveja tinha atenuado minha angústia e eu de forma alguma iria deixar que León arruinasse essa mínima redenção.

– Sim, o lance do seu primo. Não sabia que chamavam ele de "enforcadinho", e também não sei se me interessa saber o verdadeiro motivo por trás disso. Mas queria saber por que sua tia disse que os gêmeos são uma "cópia fiel" dele. Ela falou isso. Por quê?

— Porque é louca, León, pelo amor de Deus!

Mamãe — que se em alguma coisa sempre havia sido útil, era justamente quando intervinha para dissipar tormentas, nem que para isso precisasse fazer das tripas coração — chamou León para que provasse o tambaqui. Tinha pedido duas travessas de tambaqui e uma de mandioca frita. Mamãe não se cansava de enfatizar que o tambaqui, indiscutível privilégio da Amazônia, deus anfíbio que não se reproduzia em nenhum outro lugar do mundo, era muito bom para o apetite sexual. O que será que ela enxergava na gente? Sem dúvida não éramos um casal de tarados, a frequência dos nossos encontros estava dentro da média; e ainda por cima dizer isso para mim, que atendia tantas patologias íntimas. Preciso admitir que fazia uns cinco anos que eu não programava nenhuma "reorganização" afetiva, porque os colegas que tinha à mão haviam pactuado de forma vergonhosa com a psiquiatria pura e seus negócios psicotrópicos. A solidão, agora eu percebia, dava um jeito de marcar presença em muitos níveis da minha vida.

— E chama os gêmeos também, pra que eles larguem um pouco esse aparelho demoníaco — ordenou mamãe. Com a gente não precisava esconder o quanto a tecnologia lhe dava asco. Se entendia com os aplicativos do celular, mas que não exigissem demais dela. Até para chegar a Fayetteville tinha contratado os serviços de uma agência de turismo e cruzado os aeroportos em uma cadeira de rodas, blindada por enormes óculos de sol para que ninguém, por essas estatísticas irônicas dos aeroportos, a reconhecesse.

— Demoníaco! — exclamou Socorro e mergulhou em sua gargalhada obscena, de decibéis profundos, que deixava meus cabelos em pé. Seus peitos tremeram, umedecendo a blusa. Senti nojo. Mas ainda não era o suficiente. Entre uma estridência e outra, foi se aproximando de onde os gêmeos capitaneavam o controle remoto de sua máquina pós-humana e disse a eles algo que não consegui escutar. Vi que pegou Júnior pelo queixo e segurou seu rosto com delicadeza, como se quisesse observá-lo melhor. Não saberia dizer se o que senti nesse momento foi o impulso da defesa ou um ciúme absurdo, ciúme de uma louca que escolhe na roleta-russa de sua psique afetada um eventual objeto de amor – uma projeção-introjeção impossível. Sim, um objeto de amor que, em virtude do sistema dual e binário que meus filhos compunham, era a minha antítese. Não era Júnior que tinha o meu nariz de ponta larga e a distribuição dos meus traços faciais. Júnior não se parecia em nada comigo. Júnior punha outra genética em evidência. E era o queixo dele que Socorro havia segurado e para ele que tinha cantado, com uma voz tão desafinada que parecia se revirar em sua insanidade: *Amorzinho, coração, estou com vontade de um beijo... parceiros no bem e no maaaal...* E em seguida outra vez a gargalhada que destruía o mundo. Qualquer mundo possível.

Era demais. Fiz as contas na cabeça, calculando de quanto dinheiro precisaríamos para pagar a multa imposta pela companhia aérea para adiantar o voo. Não me importaria aterrissar em algum aeroporto imenso e dirigir cruzando todas as pontes de Little Rock. Certamente haveria assentos livres. Já podia enxergar nós quatro navegando pelos céus do retorno e da libertação.

Essa decisão mental me deu algum respiro. De volta à casa de mamãe e Socorro, senti que meus músculos se afrouxavam um pouco. Me apoiei na janela e fechei os olhos. O último sol da tarde abriria meus poros – que eu havia aproveitado para "selar" com três sessões de laser naquele paraíso da cosmética que era Santa Cruz. Não me importei. Que entrasse esse sol sujo, para ver se iluminava algo que eu não conseguia ver. Algo, um corpo ou um sofá sobre o qual minha memória tinha estendido um lençol branco. Me esforcei, mergulhei em mim mesma como havia mergulhado lentamente no rio Kiiye; improvisei as peças perdidas de antigos quebra-cabeças. Tateei na escuridão a silhueta do "enforcadinho", como o havia chamado minha tia com uma indecência tamanha, fazendo do diminutivo uma transgressão horrível. Só pude me lembrar de seus olhos, os olhos de Lucas, não de seu rosto, não da forma de sua boca, não do conjunto de suas expressões, apenas traços isolados, como se costuma lembrar de um trauma. Vi a pinta matemática que tinha entre o lábio superior e o nariz, em uma equidistância que fazia pensar que os rostos carregavam seu destino. Seus olhos. A íris do esquerdo sempre aberta, por causa daquele estúpido e brutal acidente de moto – talvez sua primeira tentativa de suicídio – e o direito que, ao procurar o balanço da luz que invadia seu cérebro pela porta larga da íris danificada, se contraía. Muitas vezes quis acreditar que, no fim das contas, ele havia se enforcado não por mim, e não pelo que se dizia de sua origem, de sua história, da herança não desejada que se manifestaria um dia no seu sangue; mas pela luz excessiva que certamente espremia os neurônios na abóbada de seu pobre crânio. Sim, era isso, a culpa havia sido da luz que irrompeu e calcinou sua fantástica massa cinzenta, com a qual havia me amado e com a qual havia composto músicas para mim. A mata secreta de seu cérebro certamente havia sido um lugar infestado de sombras.

Decidimos não jantar. Estávamos tão cansados. Socorro se queixava de dor. Mamãe tirou seu vestido como quem se presta a um exorcismo.

– Espreme esses peitos ou eu te deixo trancada!

Socorro enrugou o rosto, mas de imediato abandonou esse gesto retrátil e se embrenhou em seu pequeno espetáculo de pranto e autocomiseração. Mamãe arrancou seu sutiã com um golpe digno de carateca. Os peitos doentes nem sequer caíram vencidos, tão inchados que estavam.

– Por que tudo com você é tão difícil? – cutucou mamãe baixando o tom, quase com doçura. Socorro se afastou seminua. Era uma bárbara.

Tirei os gêmeos de perto com uma garrafa de Coca-Cola e pãezinhos com manteiga.

– Por Deus – resmungou mamãe –, isso é comida de pedreiro.

Nessa noite acordei febril. Tateei o chão com os pés retraídos, mas só encontrei a cerâmica fria; onde teria deixado meus chinelos? León dormia com um abandono comovente. Procurei também às cegas os chinelos dele, mas me lembrei que León estava com umas frieiras invencíveis. Decidi ir descalça até a cozinha. Atravessei o quintal com passos rápidos e comprovei o que todos os adultos descobrem: que os quintais da infância se encolhem com os anos. A plantinha de mandrágora que, segundo a explicação de mamãe, tinha finalmente florescido, depois de anos de cuidado obsessivo de Socorro, que adubava suas raízes com casca de banana, exalava um cheiro horrível, amargo, levemente atenuado pela umidade do limoeiro que já quase não dava frutos. Acendi a luminária da cozinha para não fazer muito escândalo a essa hora – que horas seriam?, cinco?, a mais escura da madrugada? – e olhei meu entorno para reconhecer esse súbito mapa familiar. Sabia que na gaveta contígua ao faqueiro mamãe guardava remédios. Sempre os guardava. Tanto que a primeira coisa que León fez ao chegar foi jogar no lixo todos os frascos e cartelas com a validade vencida. Mamãe o viu fazer isso com o coração perfurado pelo sentimento de desperdício. Com certeza havia se condoído por cada comprimido que León lançou no vaso com uma pontaria brincalhona. Em cada pílula, em cada pequeníssima cápsula, celeste, dourada ou roxa, antibacteriana, expectorante ou relaxante, por acaso não havia uma promessa perfeita de outro mundo? Claro, era isso o que prometiam meus colegas inimigos. Era a essa fuga fácil e artificial que sempre me opus. E, no entanto, estava disposta a pagar por uma multa de alteração de passagens para fugir da perseguição de Socorro, de sua sanha incompreensível. Aviões ou cápsulas, miligramas ou milhas, tudo formas de evadir.

León fez um trabalho tão bom que agora eu só encontrava sais de frutas, latinhas de Mentisan pela metade e soros para diarreia. Nem uma aspirina sequer.

– O que você tem?

Dei um salto e pensei instintivamente no faqueiro. As facas grandes para pão e as brutas para desmembrar frango estavam em seu suporte de madeira junto à batedeira, longe do meu alcance.

A cara de Socorro coberta de creme Nívea – percebi pelo cheiro inconfundível – ressaltava seu olhar alucinado. (Talvez fosse isso, esse creme barato e perfumado, e não os sublimes picos da loucura, o que a mantinha retida em um tempo limpo, isento da ansiedade de viver ciclicamente).

– Estou com febre – disse a ela. Precisava dar uma resposta rápida, algo que estabelecesse uma mínima sequência de conversação lógica. A angústia que produzia em mim conversar com minha tia era infinita.

– Vamos ver... – disse Socorro, se aproximando de mim com passos morosos. Uma zumbi duplamente atordoada. Esticou a mão e, com um gesto maternal que não imaginava nela, pôs o dorso da mão sobre minha testa.

– Ai! – exclamou. – Tá pelando!

Sorri. Sua reação foi genuína. Não era simpatia precisamente o que seu gesto excessivo provocava em mim, mas o pequeno gozo do teatro. Uma das terapias que sempre gostei de executar com pacientes que já tinham um tempo considerável de tratamento era a dramatização. Pedia a eles que encarnassem as pessoas que representavam um problema, e quase sempre a máscara caía, a sombra recuava, a dor latejava como um animal esfolado. Não era o nosso caso naquela estranha cozinha, mas a pulsão de Socorro por ocupar um lugar maternal em relação a mim havia gerado algo diferente. Ternura? Nostalgia? Não tinha nada ali, um vestígio sequer, um eflúvio ou uma sombra que merecesse tais sentimentos. Não restava nada de mim nessa casa.

– Aqui deve ter algo pros ardores – sussurrou Socorro, e a palavra "ardores" assumiu seu sentido justo. Era a que havia usado durante suas fases mais críticas, alguns anos antes, quando se empenhou em denunciar mamãe a qualquer um que lhe desse ouvidos. Afirmava que mamãe a tinha feito extrair o útero e os ovários, a tinha "esvaziado" para que ela nunca mais pudesse se emprenhar de um filhotinho. Formalmente, era verdade, mamãe autorizou a histerectomia total de sua irmã para salvá-la de um câncer. Pensando cruamente, mamãe era a única dona daquele corpo atribulado de batalhas no qual minha tia sustentava suas dores. No entanto, e não sem motivos, para Socorro o motivo dessa amputação interior era outro. Meu pai, o marido de sua irmã, a tinha "tomado". A doida repetia isso escorada no portão da casa, "me tomou", dizia. E os vizinhos olhavam para ela entre a condescendência e a morbidez. Socorro nunca havia se equivocado em um dado sequer. Era o arquivo estatístico de tudo, se lembrava das datas dos aniversários, das idades, da hora exata em que os eventos tinham acontecido, climáticos ou familiares. De modo que, se dizia que seu cunhado a havia "tomado", provavelmente uma ponta de verdade saía de sua língua transtornada. Claro que nunca falávamos disso. Eu soube pelas brigas escandalosas dos meus pais, essas confissões que de tão vociferadas perdem todo seu importante mistério.

Socorro abriu os armários altos e a luz da lâmpada da cozinha fez transparecer sua camisola. Pude ver outra vez os peitos grandes, doentes, peitos que tiveram que renunciar ao leite natural – foi isso que pensei – e que agora se inflamavam desse leite terrível, colateral, que alguns psicotrópicos produzem. O esquerdo estava especialmente cheio, mas Socorro tinha ganhado a batalha da tarde e se negado redondamente a espremê-lo, mesmo com as ameaças de mamãe, que dizia que ia fazer um buldogue recém-nascido sugá-la.

Quando ela esvaziou o tupperware com blísteres e envelopes para a digestão, notei uma diligência suave em seus movimentos. Nem sempre era morosa. Se algo a mobilizava genuinamente, superava esse adormecimento triste causado pelos supressores. Olhei para o seu rosto com mais atenção. O creme Nívea tinha sido absorvido e, embaixo da pele brilhante, pude reconhecer a mesma estrutura óssea que era comum a mamãe, a mim, a ela. O queixo bem arredondado que abrandava nossos rostos e suavizava um pouco os olhos de pálpebras adiposas, sofridas; a ponta do nariz que era tudo, menos uma ponta: era um ímpeto arrebatador que infelizmente costumava implodir. Senti um maldito nó na garganta.

– Não me deixaram ver ele – disse Socorro, do nada, enquanto suas mãos organizavam por cores os comprimidos do tupperware (era a forma que mamãe havia encontrado para que sua irmã não se intoxicasse caso, por algum motivo, tivesse que administrar sozinha seus remédios).

Fiquei em silêncio. Eu sabia a quem ela se referia. Queria que a louca se calasse nesse instante. Queria que as férias terminassem e que me permitissem ir, com meu marido e meus gêmeos e suas máquinas diabólicas ou divinas que olhavam precocemente o mundo de cima, com prematura arrogância.

– Não posso te dizer que eu estava lúcida – disse Socorro, suspirando com um sibilo de gato. Era possível que debaixo de tantos fármacos ainda ficasse abalada? Me lembrei de um ensaio histórico sobre as ervas que na antiguidade eram dadas aos doentes mentais, algumas tão poderosas que distendiam os músculos, inclusive as cordas vocais, gerando uma voz perturbadora, animal. Qual de todas aquelas vozes e risadas descomunais que havia escutado de minha tia nesses dias era a sua?

– Quando você não estava lúcida?

– Nessa noite que estou te falando. Quando entrei no quarto. Fui levar a janta dele, porque ele estava proibido de comer com a gente. Você sabe que a sua mãe odiava ele. Ela se incomodava tanto por ter que cuidar de um sobrinho órfão... mesmo tendo visto ele crescer desde aquele instante. Aquele instante!

– Que instante, Socorro? Desde o *primeiro instante*, você quer dizer?

– Eu não quero dizer nada. Nunca dizer nada, não era assim? Era assim. Não falar, não chorar, não rir... – Socorro pegou um copo sujo com restos de Coca-Cola e atuou no cenário interior de sua memória. – Tin, tin, tin, fiz com a limonada. Acho que não tinha posto açúcar pra ele. Eu também queria castigá-lo, aí levava a limonada sem açúcar; coitado do meu filhotinho! – Socorro riu e os peitos se mexeram. Temi que soltasse outra de suas gargalhadas sísmicas, mas por trás de tudo, de todas as camadas de suas vozes, das membranas celulares atravessadas pelos medicamentos, da mancha daquele leite doente, restava esse raio magnífico, o da intuição.

– Por que você queria castigar ele?

– Você já tinha ido embora, fazia três meses, e tudo estava bem na nossa casa. – Socorro disse "nossa casa" me expulsando, mesmo em seu reconto histórico, desse lugar. – Lucas sempre ficava quietinho para não irritar a sua mãe. Mas então você ligou. Você lembra que você telefonou? Lembra?

– Lembro – disse, para abrir a possibilidade disso que eu não tinha certeza se era uma lembrança ou um delírio. Tão intensas todas as imagens que Socorro lançava sobre mim como um vômito, como o arco do vômito de um fígado em metástase, essa bile que pode produzir alucinações e que requer uma medicação idêntica à do paciente *borderline*. Que frágil era o equilíbrio de tudo.

– Você disse que estava grávida... Disse que eram dois. Dois. E eu pensei que era melhor dois do que um, porque alguma coisa sempre pode dar errado – Socorro explodiu em risadas e depois apertou os seios.

– Nada ia dar errado – retruquei, como que protegendo o passado da possibilidade de qualquer mau agouro.

– Então eu tive que contar pra ele. Alguém tinha que contar pro Lucas. Achei que isso ia deixar ele feliz. É tão bonita a alegria quando se é jovem. É um ardor total – voltou a rir. – Como eu ia saber que meu filhotinho era meio tonto? Tonto, tonto! – Socorro ainda ria, mas as lágrimas agora deslizavam sobre o creme Nívea e umedeciam sua camisola. – Eu vi vocês na noite do seu casamento com o gringo. Ali, no quartinho de passar roupa – Socorro apontou precisamente para o cômodo que ficava no outro extremo do pátio, mais adiante do que antes fora o poço de água clara e funda, e que agora era aquele círculo com vasos de samambaias, entre os quais reinava a mandrágora hedionda recém-florescida. Um foco amarelado mantinha aquele cômodo de passar roupas no lugar de onde não queria tirá-lo.

– Você viu a gente... – disse devagar. Meu esôfago tinha se fechado e eu precisava de um copo d'água. Era o resfriado, sem dúvida. Tirei as mãos do copo e bebi um gole da Coca-Cola choca. Procurei uma cadeira. Socorro continuou de pé, as pernas ligeiramente abertas, como talvez se mantenham os soldados exaustos.

– Vi a coluna dele com todos os ossinhos, se dobrando sobre você como um príncipe. Você era feita pra ele e ele era feito pra você. Quem disse que uma pessoa não é feita pra outra? Mas eles são irmãos, desgraçada! – sua mãe berrava. – Entende isso, sua cachorra?, cuspia na minha cara como se quisesse me acordar. Ela era a louca! – Socorro explodiu em uma risada imensa, um rugido que era pura vertigem.

Quis suplicar à minha tia que interrompesse aquela história. Procurei ao meu redor por um objeto, um fetiche, qualquer coisa que servisse como aqueles *objets trouvés* dos filmes, que despertam de sua insignificância para modificar o curso das coisas. As facas continuavam em seu suporte de madeira. O foco descolorido reduzia o cômodo de passar roupas ao que era: uma tumba. O drone dos gêmeos jazia desarmado sobre o balcão. Quem sabe se eu convidasse Socorro para pilotar o aparelho, para olhar a cidade de um ponto de vista inalcançável, todo esse espantoso rememorar se dissipasse outra vez em sua necessária bruma.

– Então, eu entrei com a limonada sem açúcar, bem ácida pra que o sangue dele tivesse vitaminas, o limão tem vitaminas... Entrei e ele não estava ali, no que chamava de seu "estúdio". Alguém tinha quebrado em duas a guitarra elétrica. Quebrado! E não era um ladrão, porque os cassetes com as músicas dele também estavam estripados, e as fotos mordidas, e as cartas, as suas cartas... picadas, como se tivessem passado por um ralador. Saí pro pátio e olhei no poço, porque aquele poço era perigoso, o Chocolate tinha se afogado nele, lembra?, o cachorrinho que você pegou no parque, e que no início a gente não sabia a cor da pelagem dele, porque ele e a sarna eram um bicho só. Você era uma menina muito boa... Eu adorava você... Mas o poço dessa vez não tinha culpa. Fui bem quietinha até o quarto de passar roupa. Tudo na escuridão. Eu sonho com isso às vezes. O estúdio escuro, o cômodo de roupas escuro. Mas eu tinha que acender a luz. Você entra num cômodo e não acende a luz?

– Socorro...

– Acendi a luz do quartinho e primeiro vi os pés. Eram como os de Jesus Cristo. Você viu Jesus no Santuário de Cotoca, né? Daquele jeito, pés magros, pálidos. Por isso que eu prefiro olhar fixamente nos olhos das pessoas. Os pés me dão tristeza. Depois vi o rosto dele... Aquela mancha roxa que dava uma volta no pescoço. Nem assim ele ficou feio. E é mentira que a língua sai pra fora. Meu enforcadinho não estava com a língua inchada. E olhava pra mim. Eu acho que olhava pra mim. Ai, aqueles olhos! Ou, se não, pra quem mais iria olhar? Você é doutora, você deve saber pra quem eles olham.

Quis ficar de pé para abraçar Socorro. Era, afinal de contas, a mãe de Lucas. Quis, de verdade, me levantar. Uma única vez havia tocado um paciente em uma sessão de terapia, e não tinha certeza se era correto fazê-lo. Socorro não era minha paciente. Era minha tia. Era a mãe de Lucas. Eu dizia isso a mim mesma, pedindo aos meus joelhos que me ajudassem a me erguer, a sustentar minha espinha, meus músculos, meu desassossego. Levanta e anda. Dizia isso a mim mesma, sem conseguir entender por que continuava sentada na cadeira, com as mãos presas ao assento.

Foi Socorro quem esticou seus braços flácidos e pegou minha cabeça, do mesmo modo com que havia acariciado o queixo e o rosto de Júnior. Meu pescoço rígido resistia. Socorro exerceu mais pressão sobre minhas têmporas, como se quisesse sentir meus pensamentos. Em um ato instintivo de defesa, segurei-a pelos pulsos, como se eu também quisesse calcular a pressão sanguínea de suas ideias. Mas ela e sua loucura eram mais fortes. Levou minha cabeça até seu peito. A doida soluçava. Ou era eu? Meu pescoço ainda resistia a esse súbito domínio, ela em atitude de pregadora que expulsa demônios e eu na qualidade de endemoniada que defende sua malignidade. Mas uma parte de mim queria ceder. Inclinei a cabeça para a esquerda para não afundar todo meu rosto naquele tórax bovino. Era impossível escutar seu coração debaixo daquilo tudo, da pasta purulenta dos seus peitos. Contudo, senti como sua camisola empapada, de leite ou de lágrimas, me aderia a ela, vencendo minhas últimas defesas.

– Nem eu nem você tivemos culpa de nada – disse a louca.
– Espero que não se esqueça disso.

Minhas mãos ainda seguravam seus pulsos, mas agora eu sabia que era para administrar meu próprio tremor. Tinha medo de desbarrancar em seu abismo. Mas também queria me afogar nele.

– Nem você nem eu – sussurrou docemente. – O Lucas, menos ainda.

Afundei de vez meu rosto em sua camisola. Pus a língua para fora, lambi o peito, talvez tenha sugado, e deixei que o leite antigo de Socorro me aliviasse um pouco. Ou que por fim me contagiasse, que me arrastasse para sempre e mais além de toda a sanidade possível com sua turbulência.

**PELE
DE
ASNO**

> *It goes like this*
> *The fourth, the fifth*
> *The minor fall, the major lift*
> *The baffled king composing Hallelujah.*
>
> Leonard Cohen

Meu nome é Nadine Ayotchow e eu canto na banda gospel do Templo Niágara, nesta bela cidade de Clarence, há muitos anos. Uns trinta, ou perto disso. Não tenho uma música favorita porque cada uma pode nos ajudar a expressar momentos distintos dessa existência tão cheia de quedas e provações. Mas já que insistem, gosto muito de *Hallelujah*, de Leonard Cohen. Minha vida foi precisamente isso que ele sentencia em sua prece: "a queda menor". *Hallelujah* é uma música que me faz viajar para os anos extraordinários de que falarei para vocês na Assembleia de hoje.

Eu tenho uma casinha perto do rio, mas subo até a cidade para as práticas e celebrações. Não moro em Buffalo desde sempre. Antes de chegar ao meu lar, o que o Senhor reservou desde o princípio para mim, tive que morar em casas frias, em casas móveis, em hospícios, abrigos, porões e nas carrocerias dos caminhões. Também preciso contar a vocês que na pré-história da minha vida eu morava no coração da América do Sul, e estava destinada a ser outra pessoa, mas a obra de Deus sobre a minha existência me trouxe até aqui, e deu tudo certo.

O Senhor levou meu destino pagão e forjou essa sequência de dias tranquilos. É verdade que o medo ainda se faz presente, mas também é verdade que eu tenho a minha voz para cantar e espantá-lo. Não há outra forma de tirá-lo da cabeça. Sei que quando, daqui a alguns dias, extraírem essa massa perniciosa que sobe pela minha pituitária e envolve minha glândula pineal, o Senhor defenderá meu talento, meu canto e quem sabe as partes mais importantes da minha memória.

Agradeço ao nosso *Preacher* Jeremy por me acompanhar nesta fala. Me sinto tão angustiada... Não, não é essa a ideia que eu quero transmitir. É uma honra muito grande que considerem a minha cura um caso de interesse médico. Eu queria ter me preparado melhor para contar essa humilde história aos senhores, mas o *Preacher* Jeremy insistiu que o tempo também é um presente de Deus, especialmente no meu caso. Os senhores me conhecem e sabem que não sou uma pessoa estudada, minha educação é modesta e se baseia, principalmente, nos valores espirituais que o Templo Niágara me ensinou ao longo dos anos. Isso sim: eu aproveito muito os livros curtos da nossa coleção *Cânone Teológico*. A linguagem é compreensível e os exemplos de grandes vitórias sobre as fraquezas da existência são impressionantes. Esses livrinhos me acompanham e inspiram ideias magníficas que influenciam os temas dos meus sonhos. Tem épocas em que eu sonho muito com a minha mãe; depois esqueço dela por meses e me ponho a sonhar com bichos, com letras novas para os louvores ou com caminhos longos e sinuosos. Eu sonho muito. Os médicos não definiram se essa abundância de fantasias tem a ver com o meu problema das glândulas. E confesso que esse sintoma não me preocupa.

Sempre temos que agradecer a abundância, ainda que não esteja clara em sua natureza. Os sonhos, as fantasias e as lembranças são parte da única riqueza que possuo, e é inevitável que em algumas ocasiões eu embaralhe tudo, sem que por isso me considere uma pessoa insensata. É que essas irradiações da alma não são muito diferentes entre si. Fechem os olhos por uns minutos e pensem nisso que estou dizendo. Vocês me darão razão.

Os doutores da equipe médica que investiga meu caso insistem que, se eu compartilhar minhas lembranças biográficas com os irmãos do templo – as lembranças que ainda perduram na minha consciência como manchas fulminantes de um quadro lindo, embora incompleto –, elas não irão se afundar no líquido contaminado do cérebro. É assim que eu imagino essa ameaça: um turbilhão de células confusas, que arrastarão em sua corrente os episódios que compõem a minha história. O *Preacher* Jeremy me explicou que dar um testemunho é desvelar o mais autêntico, e que esse despojamento é um passo fundamental. Eu quero dar esse passo antes de ser operada. E o que melhor do que fazer isso pela ciência? Eu nunca fui boa em ciências. Bem, os senhores já sabem que eu não terminei a escola, e que tudo o que sei, aprendi no grande livro sagrado. Ali está toda a sabedoria de que preciso. Por um tempo, é verdade, procurei essa luz na cocaína, e confesso que havia momentos em que conseguia me sentir muito bem. As aflições iam embora com o fumo do crack. Sinto muito por ter que contar essa experiência aos senhores, mas se tem algo em que eu não quis ceder foi em omitir essa parte do meu caminho. Como é triste a omissão.

Muito antes de encontrar minha casinha em Clarence Hollow, passei alguns anos no Canadá, numa região cercada de pradarias geladas, parecida com a paisagem da nossa vila, mas muito distinta em seu espírito. Ainda que o nosso *Preacher* Jeremy não concorde muito com isso que eu digo, afirmo uma vez mais: as vilas, as montanhas e as cidades têm um espírito próprio. Naquele lugar, em Manitoba, desenrolou-se a cadeia de acidentes que o Senhor utilizou para me trazer até aqui, até esse átrio onde todo domingo falo com vocês e interpreto com amor as canções de glória e louvor. As canções que me curaram.

É preciso temer os acontecimentos fortuitos, revestidos de inocência. Eles são as delicadas peças de um quebra-cabeças que leva muitos anos para revelar sua totalidade. Se faltar uma peça, a pessoa pode acabar no fundo de um rio ou sob os refletores de um palco; foi justamente esse último o sentimento que eu tive na primeira vez que cantei profissionalmente com o grupo gospel: que uma mão bondosa tinha me pegado pelo couro do pescoço feito um filhote e me resgatado da profundidade de um pântano. Os rios podem ser maravilhosos e sinistros, por isso ainda preciso deles. Me desculpem se fico saltando entre as pedrinhas de um caminho enquanto elaboro o meu depoimento. Nunca fui boa com a ordem das coisas; às vezes conto primeiro as consequências ou as confundo com as causas. É um sintoma da minha doença. Sempre foi um componente dela, mas eu não tinha como saber. Agora mesmo, ao dividir esse testemunho com os senhores, penso que talvez a Nadine Ayotchow que fala com vocês seja a parte errada, o destino que não devia ter sido. Me desculpem, queridos médicos, me desculpe o senhor, *Preacher* Jeremy. Vocês querem que eu me concentre na minha cura espiritual, e não nas minhas dúvidas. Assim farei:

Éramos crianças quando a tia Anita nos levou com ela para o Canadá. Nossos pais tinham morrido naquele acidente horrível em Yungas e a casa onde havíamos sido felizes estava hipotecada. Não houve herança nem precauções nem profecias oportunas. O único tio de sangue que nos restava em Santa Cruz, irmão de papai, disse que as crianças sempre se criavam melhor perto de uma palavra feminina, de modo que assinou sem titubear todos os papéis migratórios necessários para que Dani e eu saíssemos da Bolívia e da sua vida. Ser boliviano é uma doença mental, nos disse com aquele bom humor que fazia com que perdoássemos tudo, inclusive isso, nos entregar feito bichos de estimação à tutela de tia Anita, que, por mais balas de menta que tivesse posto entre os dentes na hora de se apresentar ao Juizado de Menores, seguia cheirando a uísque.

Chegamos no Canadá em janeiro, imaginem só. O pior mês para recomeçar uma infância nas estepes, sob o canto suave dos flocos de neve. Era como morrer.

Tia Anita alugou uma casa caindo aos pedaços. Os tetos altos abrigavam parasitas, e a viga exposta tinha manchas de mofo. É uma joia histórica, repetia ela de tempos em tempos, olhando as vigas podres. Nesse primeiro inverno acabamos tendo que dormir ao lado de seu corpo enorme para suportar o frio que atravessava paredes e janelas. No outono tudo seria melhor e, na primavera, um paraíso!, nos prometia. Mas a primavera chegou e o jardim absurdo que rodeava a casa era de dar dó. Fazia pouquíssimo tempo que a neve tinha derretido e, ainda que Dani e eu tirássemos os montes mais sujos, não se passava um dia sem que uma nova camada de barro áspero aparecesse para ameaçar a horta que tia Anita havia começado a cultivar. A caminhonete estropiada em que nos deslocávamos até os armazéns de Winnipeg para comprar em grande quantidade as coisas do lar patinava toda vez que dávamos partida, e cada um de seus escândalos formava uma nova lambança de barro ao redor da casa. Eu me consolava imaginando que aquele lamaçal era chocolate e que tia Anita era como a bruxa boa do bosque. Essa era a história favorita de mamãe, porque lhe parecia de uma "beleza francesa" romântica, com bosques e criaturas desesperadas, dizia.

Muitas vezes imaginei mamãe assim, perdida nos bosques de Yungas, arrastando seus longos cabelos por uma relva macia, marcando as árvores para que Dani e eu nos orientássemos quando decidíssemos procurar por ela. Foi uma pena tia Anita mandar cremar os corpos de nossos pais, por mais que tenha dito que dessa forma poderiam viajar conosco para onde fôssemos, sem carregarmos a dor dos imigrantes que imaginam a deterioração dos túmulos onde dormem seus familiares. Eles levam cemitérios inteiros no coração, dizia tia Anita, enquanto nós podemos levar Sophie e Carlos em nossa bagagem e cauterizar de uma vez por todas as raízes da pátria. Não existe pátria, exclamava, isso é uma invenção, óbvio que é uma invenção! Nós somos da raça dos exilados, e amamos nossa ampla miséria, dizia. Dani e eu não entendíamos nada.

Tia Anita e mamãe nunca chegaram a sentir a Bolívia como seu país. No fim das contas, foi papai quem levou mamãe consigo depois de eles se casarem. Os dois se conheceram em Toulouse;

e ainda que ela não depilasse as axilas, contava papai, era lindíssima. Tia Anita também era bonita, mas a tristeza crônica que a atacou desde muito nova foi formando vincos fundos em seu rosto cor de leite e um brilho de bicho doente em seu olhar. Bastava espiar as velhas fotografias do álbum que mamãe tinha guardado e compará-las com o presente eterníssimo de sua cara flácida para se dar conta de que seu rosto devastado não era resultado da genética, mas de carregar sem trégua o insondável volume da miséria. Quando tia Anita ficava me olhando fixo, depois do jantar, eu sabia que estava me analisando, confirmando se em mim também habitava esse espírito maligno. Dani não a preocupava muito, pois dizia que, se o espírito maligno habitasse nele também, o pior que poderia acontecer seria ele se tornar um bêbado, como ela! A grande diferença era que para um homem bêbado sempre haveria uma mulher, alguém que tirasse seus sapatos antes de tombá-lo na cama. Acredito que tia Anita nunca se deu conta de que Dani era veado. O senhor me desculpe, *Preacher* Jeremy. Ou talvez ela tenha percebido, mas preferiu não falar disso porque nos criar já era trabalho o bastante. Sua única experiência criando outras criaturas se limitava aos gatos, esclareceu aos funcionários da Imigração quando chegamos ao Canadá, mas esses *orphelins* (se referia a Dani e a mim) precisam de mim, são meus *neveux*, meus, e não posso tirar o corpo fora.

Nas primeiras tardes, recém-instalados na casa fóssil, chorei muito. Sabia que tia Anita nunca havia estado em seu juízo perfeito porque o uísque foi queimando essas células que temos no cérebro e das quais precisamos para as funções básicas do corpo: caminhar, respirar, falar, comer, dormir, ir ao banheiro, e até rir. Naquela época eu não sabia que um único gole de uísque podia arrasar a língua, o paladar e o esôfago. A julgar pela forma como tia Anita fechava os olhos enquanto bebia seus traguinhos curtos, qualquer um poderia apostar que ela gostava dessa sensação de fogo.

Já disse que em algumas manhãs eu acordava e perguntava pela mamãe? Isso acontecia assim que abria os olhos, quando o som da torneira da pia ou do óleo fazendo a clara do ovo dançar me transportava a Santa Cruz. Era difícil separar os tempos. Ninguém tinha como saber que essa confusão já era fruto de uma massa doente que escalava lentamente a base do meu cérebro com a intenção de contaminar a hipófise e depois cobrir a minúscula borboleta pineal que conecta os hemisférios. Tia Anita estalava os dedos para me ressituar na vida nova, sem mamãe, ou apenas com seu fantasma. Acho que isso eu não disse, né?, e é importante dizer, porque depois me esqueço ou a coisa salta de repente como uma mola absurda quando já não vem ao caso, e um depoimento precisa seguir alguma lógica, para que quem ouve possa se beneficiar dessa experiência que não lhe pertence. A doença chegou ao meu cérebro, mas eu recebi do gospel a graça da cura. E devo esse testemunho aos meus irmãos do gospel. Não há gospel se não houver comunidade. E assim como no trabalho do coro a vibração de uma voz deve se distinguir sutilmente da força grupal, do mesmo modo a minha doença pessoal pode servir à ciência para descobrir uma cura.

O primeiro hino que cantei foi *Cruzando o rio Jordão*. Nele descobri que mais importante do que a harmonia individual é a união de som e de beleza para contar uma mesma história. Seja em falsete ou salientando o soul improvisado, o gospel te convida a se desprender do ego, a derramar sua voz nos outros como quem prepara um soro caseiro: açúcar e sal na água, integrados e ainda reconhecíveis.

Onde eu estava mesmo?

Ah, sim. Mamãe tinha obrigado sua irmã, tia Anita, a sair de Paris e se mudar para a Bolívia, porque lhe atormentava a ideia de deixá-la morando sozinha em um alpendre invadido por baratas e sem ninguém que supervisionasse seu tratamento para o alcoolismo. *Elle est mon sang!*, argumentou mamãe em todas as brigas travadas com papai, que farejava o perigo de se conviver com uma dipsomaníaca. Assim se referia a ela – dipsomaníaca –, o que piorava minha apreensão, pois não podia evitar associar o som de tal palavra com o de coisas realmente asquerosas ou incompreensíveis, como o canibalismo, o vampirismo, a ressurreição dos mortos e outras que não me atrevia a confessar para mamãe.

Tia Anna nunca conseguiu se adaptar à vida em Santa Cruz com a gente, porque papai não a suportava. Ele se superava todos os dias nas avaliações demolidoras da integridade moral de tia Anita; dizia que uma coisa era a loucura, e outra a pretensão. Ninguém com um mínimo de noção acreditaria que ela havia tido um nobre como amante. O tal de "Lorde Auch", com que tia Anita enchia a boca, era fruto do incessante *delirium trémens* que sua vida adulta havia se tornado. O coitado do meu pai nunca imaginou que ela e sua dipsomania acabariam tomando conta de Dani e de mim.

Com *delirium* ou sem *delirium*, tia Anita assumiu a responsabilidade pela nossa criação – ainda que seu pulso tremesse muito quando assinou os papéis no Juizado de Menores – e depois, no Canadá, fez o possível para "não tirar o corpo fora", conforme repetia com a voz também trêmula. Era sua frase favorita. Sobretudo quando não fazíamos as coisas do seu jeito. Repetia em francês e em espanhol, e em ambos os idiomas conseguia me estremecer.

Nas noites mais escuras, quando não era possível sequer adivinhar as sombras das montanhas ou o reflexo da neve nas paredes da casa, o medo me invadia do mesmo jeito que o frio invade as fossas nasais, as orelhas, a garganta e as plantas dos pés. Ainda hoje não posso afirmar se essa eletricidade branca que subia pela nuca e se instalava bem no centro da minha cabeça era outro sintoma do problema pineal; eu vivia aquilo como uma vertigem, a sensação de que bastava um empurrão para que eu fosse arremessada a um abismo assolado pelo breu. E a certeza de que essa escuridão acabaria me asfixiando. Fazia xixi só de pensar que um dia tia Anita poderia levar a sério suas palavras – "Deus sabe que faço o possível para não tirar o corpo fora. *Dieu sait que!*" – e então, possuída por suas próprias frases, pegaria a faca com que descamava os peixes do *Lake Alice* e nos descamaria, Dani e eu, sem derramar uma lágrima. Maravilhada com sua façanha, tia Anita poria nossas peles recém-lavadas para secar no alambrado. E ninguém levaria o caso à polícia pela simples razão geográfica de que nossa casa em ruínas se erguia na metade de um pequeno terreno fronteiriço com as reservas dos *métis*,[1] e eles preferiam resolver seus problemas de outra forma.

---

[1]. O termo controverso – que significa "mestiço", em francês – foi muito usado, de maneira genérica, para se referir a quaisquer grupos indígenas com descendência europeia. No Canadá, os *métis* – que somam cerca de 600 mil indivíduos – foram reconhecidos em 1982 como um povo indígena singular. Também chamados de *michif* (idioma falado por algumas populações), ainda hoje sofrem com problemas na demarcação de terras e com outras violências.

À primeira vista um *métis* pode ser obscuro e taciturno como os ayoreos da Bolívia, ou pálido e direto, de olhos translúcidos, como qualquer outro gringo. Depois você os conhece melhor e entende que são um pouco doidos, mas que evitam problemas a qualquer custo. Quando tia Anita nos disse que moraríamos em uma casa "histórica", em um terreno nas cercanias da reserva *métis*, Dani e eu nos preparamos para lançar mão da linguagem de sinais que mamãe usava na escola de surdos e dos poucos golpes de kung fu que papai havia nos ensinado para nos defender em situações extraordinárias. Nossa ignorância era tão profunda quanto as bocas limpas que o gelo forma nos lagos congelados e que são um verdadeiro perigo; podem te devorar em questão de segundos sem levantar uma única bolha. Pensávamos que os *métis* não possuiriam qualquer linguagem falada, nada que estabelecesse uma ponte entre nós. Logo nos demos conta de que nada disso seria necessário, nem linguagem de sinais nem medidas de defesa corporal; eram pessoas mais civilizadas do que a própria tia Anita, que estava sempre bêbada, arrotando e soltando gases como se trabalhasse em um circo decrépito. Tampouco era verdade que os *métis* mantivessem uma guerra secular contra os brancos. Eram brigas de rua, empurrões ou gritos que às vezes presenciávamos em um mercado ou nos arredores da cerca de arame farpado, quando algum branco chegava em seu caminhão cuspindo na terra deles ou reclamando de algum gado, mas nem nessas ocasiões havia a necessidade de as autoridades intervirem.

A culpa das expectativas descabidas e totalmente equivocadas que Dani e eu tínhamos em relação aos indígenas, a quem tia Anita às vezes se referia diretamente como *"les tricheurs"*[2], era das pessoas que conhecemos durante os dois primeiros meses que passamos em Vancouver, na casa de uma senhora que cheirava à carne em decomposição. Em meio a risadas, aquela velha dizia que os *métis* continuavam sendo selvagens, por mais que seus filhos frequentassem as escolas públicas e ocasionalmente se misturassem com os brancos, e mesmo que agora acreditassem ser uma nação. Estavam empenhados em recuperar suas raízes atávicas, de antes dos franceses chegarem com suas fantasias sexuais imundas para deixar suas sementes no lugar errado. O que se poderia esperar dessa mistura de perversões? Os velhos eram os piores, dizia a mulher malcheirosa, não apenas porque era impossível calcular sua idade – já que reencarnavam inclusive nessa vida –, mas porque não tinham mudado em nada suas práticas antigas. Até as crianças eram capazes de arrancar seu couro cabeludo e deixar os miolos pulsando ao ar livre, sem comprometer um único neurônio!

Tia Anita conversava em francês com algumas dessas pessoas de olhos achinesados (que eram tudo, menos chineses) e isso era muito surpreendente. Eu nunca pensei que um índio pudesse falar francês. Nunca tinha estado no Canadá, sabia pouco ou quase nada de seus segredos e poderes, e estava claro que muitas coisas diferentes aconteciam ali. Às vezes eu me perguntava se, na realidade, nossa tia não tinha nos levado a algum lugar muito mais extremo. Uma parte do planeta que, de tão desconhecida, era quase outro mundo. Um lugar que aparentava ser

---

2. Algo como trapaceiro, sacana, vigarista.

normal, mas que fazia com que você olhasse para si mesmo no espelho dos rios congelados com outros olhos. Digo isso porque bastava que algum velho, daqueles que se punham a pescar *touladis* nas bordas do *Lake Alice*, abrisse a boca, para que nossas cabeças se enchessem com lendas de espíritos de animais e guerreiros da independência que ainda não haviam sido honrados como mereciam. Em muitas dessas lendas, os heróis *métis* sacavam uma faca ou usavam as próprias mãos para escalpelar um inimigo ou arrancar seu coração ainda quente. Não tinham um pingo de vergonha de repetir e comentar proezas como essas num programa de rádio de domingo, no qual também atendiam chamadas telefônicas em francês e inglês. E, claro, também no idioma *michif*. Tia Anita prestava muita atenção nessas histórias baseadas em casos de violência, vingança, despeito e denúncias de ameaças e ataques com feitiçaria; e mudava tudo ao seu próprio gosto. Um gosto que tinha fraqueza por uísque, gargalhadas sem sentido e pelo horror ordinário dos jornais – quando estava de bom humor, dizia que era "membro horrorífico do Club de Agatha", uma coluna publicada aos domingos com as biografias de assassinos seriais. Às vezes acho que ela teria apreciado muito os livrinhos do *Cânone Teológico*; teria encontrado essa intensidade de que precisava. Uma pena que naquela época não houve quem nos aproximasse desse alimento. Se eu pedia a ela uma história antes de dormir, tia Anita recorria com avidez a seus relatos retorcidos, esclarecendo – com a voz embriagada pelo "vinhozinho do fim da tarde" que tomava para relaxar as varizes – que jamais havia dito uma única mentira em toda a sua vida; o álcool tinha lhe permitido viver como uma pessoa totalmente honesta, longe de qualquer hipocrisia – insistia, com sua voz trêmula, mas orgulhosa –, e não ia se pôr a mentir justo agora, justo quando precisava educar dois menores de idade que, sem lhe consultar, *la vie dure* havia posto em seu difícil caminho. De modo que eu devia me conformar e aproveitar o horror jornalístico e radiofônico que ela reciclava para mim – pois, além do mais, assim fortalecia minha determinação e meu espírito, e acabaria vencendo, de uma vez por todas, minha tendência inexplicável ao pânico. Nem ela, que era capaz de beber até as copas das árvores, tinha chegado a sentir esse horror *vacui*! *D'horror vacui!*, exclamava cheia de impotência, olhando para as minhas unhas carcomidas.

No entanto, tia Anita mentia. Ela também tinha uma fraqueza pelas mentiras bonitas. Sob sua cabeceira, guardava um livro de poemas de Georges Bataille. Chegou a chamar esse objeto de "Minha bíblia das trevas". E era assim que o pegava, como um objeto endemoniado que era melhor agarrar pelos chifres. Numa manhãzinha em que Dani e eu nos levantamos para procurar um balde para solucionar as marteladas de uma goteira que tinha cismado com nosso quarto, vimos pela fresta de sua porta, tia Anita friccionar enlouquecidamente, com uma mão, suas partes íntimas, enquanto na outra segurava com fúria a sua bíblia sombria. E lia! Lia para si mesma, mas fingindo que sua voz não era sua e que lhe falava com misericórdia, autoridade e sedução, como Jesus Cristo com Lázaro, me desculpe, *Preacher* Jeremy. Os senhores entenderão que não posso repetir aqui as estrofes cheias de luxúria que minha tia lia, sem me afogar em despudores. O mais decente que ela recitou, eu protegi em minha memória: "Minha boca implora, ó, Cristo, pela caridade de sua penitência". E depois murchou. Os poemas das trevas haviam partido e ela jazia em completo silêncio na cama oxidada. Pouco depois descobriu nossas sombras no linóleo e nos chamou. Disse: Isso é a *petite mort, mon cheris*.

Agora penso que ela sempre teve razão, por mais exagerada que soasse, pois detectou em mim o vazio, esse vazio que nem o Senhor consegue resolver, o senhor me desculpe, *Preacher* Jeremy. Me refiro à distância milimétrica entre a sela túrcica e o minúsculo tumor que os médicos detectaram. O diagnóstico indica que o tumor está procurando um nicho e que, se não fosse pelo gospel e suas vibrações de alta frequência, poderia ter devorado a glândula pituitária e espremido a pineal até que meus dois hemisférios colidissem e se fizesse a escuridão. Esse seria justamente o meu nicho. Me desculpem, irmãos, é uma piada.

Ah, o bom humor é importante. Nas aulas de gospel aprendemos que as músicas se nutrem das almas alegres. Os louvores, para que assim sejam, devem fazer sentir a felicidade da alma. A técnica também ajuda. A respiração. Inspirar e expandir o diafragma. Soltar as notas administrando o ar sem ansiedade. Eu já disse que a respiração do canto espaçou as minhas crises? Aí está o milagre científico do Senhor. Acho que ainda não me detive nisso, no centro do meu testemunho. A forma como o gospel preservou a minha vida, apesar da doença.

Foi Dani quem precisou me explicar que "tirar o corpo fora" significava ser um covarde. Tia Anita estava disposta a nos criar nos arredores de Winnipeg do jeito que fosse. Naquele dia me envergonhei de duvidar do bom coração da minha tia. Eu também tinha caído nas duas palavras que mamãe usava para defender sua irmã: desconfiança e preconceito.

Naqueles primeiros meses, apesar do inverno brutal e da falta que sentia de mamãe, os dias foram bons. Tia Anita preparava o jantar às sete da noite, quase sempre macarrão, Dani acendia a lareira e então nos aninhávamos como gatos. Tia Anita me pedia para cantar alguma coisa para ela; dizia que o melhor de mim, o que um dia poderia me salvar da prostituição ou me conduzir a ela, era a minha voz. Você poderia dirigir o coro de uma catedral, dizia. Talvez fosse uma profeta, e a torpeza do mundo não percebeu sua clarividência. Às vezes as anunciações advêm dessa maneira, envoltas nos vapores alcoólicos de uma boca suja. Eu cantava, até que ela se unia ao canto com sua voz desafinada e estragava tudo. Então caíamos vencidas pelo peso do dia, que era um peso incalculável, uma pedra cega assentada na base da nuca.

Foi um conjunto de pequenas coisas – o início da primavera espalhando neve suja, os remédios para o reumatismo, que tia Anita afirmava serem "placebo *pur, mon Dieu!*", e a visita daquela mulher vermelha que falou meio em francês, meio em castelhano – o que a deixou com um humor horrível.

Anne Escori?, perguntou aos gritos. O vidro da janela com suas tatuagens de terra seca mal permitia que se distinguisse a vista. Mas sua voz, essa sim, soava cheia de autoridade, como quando um professor de História escolhe uma presa na classe. Anne Escori era o nome, o de verdade, de tia Anita. Na realidade, só as pessoas da Bolívia a chamavam de "Anita"; menos papai, que se dirigia a ela como Anna, salientando o *n* duplo para que se notasse que a tratava como uma estrangeira. Tia Anita nunca o corrigia, mas também fez notar que preferia o diminutivo com que a empregada e os vizinhos se dirigiam à irmã francesa da senhora Sophie. Parecia que nem se davam conta de que ela tinha a mente toda perturbada pelo álcool.

Anne Escori? Você está aí dentro, Anne Escori?, gritava a mulher.

Tem alguém morando nessa casa?, insistia. Dani havia se empoleirado na privada do banheiro para olhá-la pela janelinha alta. Aquele banheiro parecia uma prisão, mas, pelo menos, quando a pessoa esperava a água quente acumular, queria ficar ali até depois do banho, para que o sangue se mantivesse circulando.

Nadine!, vai acordar a tia Anita. Essa mulher é importante.

É da polícia?, perguntei por impulso. Nenhum de nós tinha cometido um crime. Não ainda. Ou será que a tia Anita tinha um passado horroroso em Paris? Mamãe e papai falavam sobre suas longas internações depois de uma intoxicação terrível e de como era bom o sistema de saúde na França, e o que dizer então das novas abordagens de reabilitação, eram fantásticas, nada de eletricidade nem de religião, diziam entusiasmados, nada de detenções; ao menos isso. Talvez tudo o que em algum momento as clínicas de Paris haviam feito com ela tivesse conduzido tia Anita ao delito. Uma vez, ameaçou um farmacêutico, exigindo uns comprimidos perigosos sem receita médica. Levava consigo um abridor de cartas e, por mais que esclarecesse que sua intenção era usá-lo em suas próprias varizes, para que deixassem de estrangular os músculos de suas pobres pernas, passou uns quantos dias enjaulada, clamando por um traguinho do que quer que tivessem, nem que fosse uma mistura de desinfetantes. Foi nesse dia que mamãe decidiu levá-la definitivamente à Bolívia. Imagino que deva ter doído para ela se separar de seu amante, o tal "Lorde Auch", se é que tal romance aconteceu para além de sua atribulada imaginação.

Mas naquele momento estávamos no Canadá e a mulher continuava aos gritos na entrada de casa.

É alguma coisa das minas!, Dani disse. Talvez tenham descoberto que encontramos aquele diamante. Espero que você tenha escondido ele a sete chaves, Nadine! Manda a tia pentear esses cabelos desgrenhados e vir aqui. Corre!

A mulher vermelha não sabia nada sobre o diamante minúsculo que Dani e eu tínhamos encontrado no meio de umas pedras, dentro da reserva *métis*. A mulher só queria que nós fôssemos à escola. Falava em espanhol para que Dani e eu também entendêssemos, ainda que na verdade falássemos e entendêssemos francês melhor do que deixávamos as pessoas saberem; era uma forma de manter nossa couraça, uma decisão instintiva sobre a qual não tínhamos conversado. Aquela senhora deu o prazo de um mês para tia Anita encontrar uma solução, pois era evidente que nem o lago que nos separava da reserva *métis*, nem a pequena cordilheira nevada que açoitava com seu hálito gelado as costas de nossa casa, nem as bétulas desfolhadas que se dirigiam a mim com seus sussurros sinistros iriam nos ensinar Álgebra e História, os dois grandes conhecimentos, disse aquela senhora, que qualquer universidade exigia, não apenas na digníssima nação do Canadá, mas em qualquer sistema norte-americano e europeu. Além disso, insistia a mulher, era importante aprendermos bem inglês ou francês, melhor ainda se fosse os dois, que não nos conformássemos com um respingo de palavras que nos fariam ser vistos como recém-chegados a vida toda. O espanhol era sempre bem-vindo, mas não parecia uma boa ideia se integrar? Inclusive, todas as pessoas com quem a senhora faz fronteira, Madame Anne Escori, os *métis*, os *inuits* ou qualquer outro cidadão da *Première Nation* mandam os filhos para as cidades para se educar devidamente. É meu dever lhe chamar a essa reflexão. Os *enfants* aprendem rápido a falar francês. Falar francês, não é essa a língua da sua família materna? Só assim eles vão poder se sentir realmente em casa.

Em casa?, perguntou tia Anita. Seu queixo tremia como quando bebia além da conta.

Ou enquanto viverem em território canadense, disse a mulher com certa impaciência.

Ah, vá. Parece que em nenhum lugar desse mundo deixam a pessoa em paz.

Ao que você se refere?, disse a mulher.

Reparei em como ela se agarrava a uma pasta amarela que mantinha sobre a saia de veludo oliva, bem passada, lisa como as mesas de bilhar que os *métis* alugavam em seus sítios, em plena luz do dia.

A nada em particular, sorriu tia Anita, com os olhos úmidos. Achei que isso acabaria comovendo aquela senhora, mas era provável que, sendo adulta, nossa visita conseguisse distinguir a emoção das lágrimas da membrana aquosa do álcool.

Olha, suspirou a mulher, se pondo de pé e olhando para Dani e para mim detidamente, eu volto em algumas semanas para ver como as coisas estão andando.

A mulher me segurou pelo queixo e olhou em meus olhos apertando os seus, talvez buscando as semelhanças que definissem quão nossa parente era aquela mulher etílica que possuía a nossa tutela.

Essa menina tem uma pupila maior que a outra, você percebeu?, disse a mulher, formando um círculo com seus dedos polegar e indicador, caso tia Anita não entendesse o que ela havia percebido apenas com uma olhada.

Ela tem a vista boa, disse tia Anita, não muito certa do que declarava.

Mas pode ser alguma coisa, disse a mulher. Sugiro que você a leve na Pediatria. E sugiro, também, que instale alguma linha telefônica nessa casa. A região é tranquila, mas um lar precisa ter como se comunicar caso alguma coisa aconteça.

O que poderia acontecer?, disse tia Anita, olhando para a luz crua que tornava transparentes suas pupilas celestes. Parecia que dava para ver o futuro naquelas córneas delirantes.

A mulher não respondeu; talvez tenha entendido que a pergunta não era para ela e que nos olhos claríssimos de nossa tia não iria encontrar respostas ou soluções; nada que se parecesse com a responsabilidade. Apenas lembranças de Paris.

Desse dia em diante o corpo de tia Anita se tornou mais pesado. Vocês tinham que ver ela arrastando os tênis pelo piso de linóleo, parecia um astronauta tristíssimo. Lia pouco sua bíblia das trevas e já não sintonizava na rádio. O espírito maligno a tinha tomado de uma forma tão brutal que deixou de se banhar e de limpar com leite de rosas a crosta de sujeira que se formava nas dobras de seu pescoço gordo. Começava a se parecer com a amiga malcheirosa de Vancouver que nos recebeu da primeira vez. Mas aquela mulher tinha a desculpa da rosácea. Um mapa de pele viva avançava por suas costas e nem a babosa pegajosa com que se tratava mitigava aquele cheiro tão parecido ao da carne que deixa de ser fresca.

Minhas alucinações com mamãe recrudesceram. Não é que eu pudesse vê-la na cena matutina dos cafés da manhã ou desenhada contra o fogo da lareira, não se tratava desse tipo de visão. Era a força da lembrança, do tempo que não avançava para frente, como é natural, mas que retornava uma vez depois da outra até um ponto anterior e se instalava como uma certeza consistente e pequena, do tamanho de uma ervilha, igual à glândula hipófise que define toda a nossa harmonia e bem-estar afetivo. Se sua perda não tivesse significado tanto para nós três, Dani ou tia Anita teriam constatado que essa repetição obsessiva das minhas lembranças não era o capricho de um luto infantil, não era um efeito passageiro da orfandade súbita, mas o sintoma claro de que ali onde o budismo considera que cultivamos a flor de lótus, o desejo de transcendência espiritual, ali residia uma doença invisível e silenciosa.

Quando o lapso temporal passava, uma tristeza mais cinza que o céu que se prepara para uma tempestade pairava sobre a minha cabeça. Fazia todo o possível para não chorar, porque isso era como dar asas ao espírito maligno. Tia Anita dizia que o espírito maligno era sedento e bebia lágrimas. Ela teria sido uma grande catequista aqui, no Templo Niágara, pois conseguia convencer as pessoas das histórias mais insólitas. Naqueles dias, antes de me enfiar no saco de dormir, tomava às escondidas um traguinho do seu vinho do garrafão maior, não apenas para que algo se aquecesse em meu interior, mas como forma de desinfetar o que quer que estivesse se aninhando ali, no mesmo lugar onde cresciam meus gigantescos medos.

Nas tardes em que tia Anita dormia como se estivesse morta, Dani me levava até um rio franzino que se desprendia do temível rio Rojo, de cujas margens éramos terminantemente proibidos de nos aproximar. O rio magrinho, por sua vez, era inofensivo; nem em suas erupções mais turbulentas transbordava pelas margens rochosas. Sentados sobre as pedras, olhávamos os primeiros cardumes de peixes que subiam com as correntes quentes. Não queríamos ficar em casa porque as silhuetas das bétulas secas sobre a parede descascada da sala formavam esqueletos macabros que dançavam em minha direção e me enchiam de terror. Era inútil que Dani me fizesse olhar repetidamente aquelas árvores para me convencer de que aquilo que eu enxergava como ossos lisos eram apenas galhos desfolhados pelo frio. Sempre fui medrosa, e a vida com tia Anita só havia piorado meus medos. Olhar para a água me permitia soltar os pensamentos e deixar que escorressem com a corrente ou fluíssem entre as pedras. Me parecia inconcebível que Dani não visse o mesmo que eu via. Por acaso não éramos irmãos?

Alguns fragmentos de gelo ainda flutuavam, e Dani os atraía com um galho. Às vezes se quebravam e afundavam em segundos, como lâminas afiadas, mas em outras, Dani conseguia arrastá-los e aproveitava para se olhar naquele espelho. A imagem levitava na água. Como seu cabelo havia crescido, ele o ajeitava atrás das orelhas e sorria. Eu lhe garantia que era idêntico à mamãe. E não estava mentindo. Dani era bonito como uma menina de verdade. Desculpe essa confissão de vaidade, *Preacher* Jeremy, irmãos doutores, irmãos da comunidade Niágara. Mas eu o observava e pensava que havíamos nascido trocados. Não era suspeito que nossos apelidos fossem apenas letras invertidas? Naquela época meu irmão se chamava Daniel e eu, Nadine. Sei que ele usou outro nome depois, da mesma forma que eu logo adotei um nome artístico quando comecei com as gravações de música gospel. Tia Anita costumava dizer para mamãe que brincar assim com nossos destinos tinha sido de uma perversidade total. Dani e Nadine, Nadine e Dani. Tia Anita tinha razão. Eu devia ter puxado de mamãe o seu nariz pequeno e seus olhos de boneca japonesa, mas me parecia com papai em quase tudo, especialmente em minha boca grande. Todos na Bolívia diziam isso. Inclusive Dani – quando eu conseguia deixá-lo muito furioso – me chamava de "bocona" ou de "bocuda". Fora isso, comecei a engordar sem poder evitar (em todo o caso, as coisas do corpo não me importavam muito naquela época), enquanto Dani se alongava e desenvolvia músculos que o faziam parecer um anjo grego.

Foi numa dessas tardes ali, voltando do rio, que Dani me disse que era hora de irmos embora. Senti que meu coração deu três pulinhos de sapo. Haviam se passado três anos, e eu começava a sentir os invernos, o degelo, nossas incursões às lojas de Winnipeg e as eventuais visitas a Saskatchewan nos verões, ou em qualquer dia quente, como uma rotina bonita que equilibrava meus medos.

Os pesadelos de olhos abertos e as garras raquíticas das bétulas sobre a parede do meu quarto não desapareceriam nunca, mas se encaixavam ao resto do que era a minha vida. Se por um lado era verdade que o assunto de nossa escolaridade formal tinha se resolvido bem através do sistema de *homeschooling*, por outro lado a saúde de tia Anita era um completo desastre. Mas ela também fazia parte daquela vida fria e às vezes quente. A ideia de partir sequer havia borboleteado em minha cabeça cheia de fantasias.

Nós vamos embora, continuou Dani, mordendo uma das primeiras folhas de relva daquela primavera. Você ainda está com o diamante, né?

Mas Dani, hesitei, sempre terrivelmente mais medrosa do que meu irmão mais velho, os contrabandistas de diamantes vão pra cadeia. Você não ouviu a notícia no rádio? Aquele menino tinha a sua idade e foi pra uma unidade correcional por vender diamantes ilegais... A tia Anita disse que o mercado de negros é perigoso, é...

Mercado negro, sua tonta, Dani me cortou. E eu não vou vender pra eles. Lá só vendem bebês índios. Podemos vender nos Estados Unidos assim que a gente chegar. Imagina, Nadi? Entramos por Rock Island, pelos Grandes Lagos. Ou senão vamos pra Saskatchewan e de lá a gente decide. O Petite Mort falou que outra opção é descer até Ontário e entrar pelas águas do Niágara. Vamos ter que analisar bem, Nadine.

Ir embora..., suspirei.

Podemos trabalhar em algum restaurante e juntar dinheiro, depois vemos o que fazer. Com a tia Anita nunca vamos ter um centavo. Quando acabar a escola, ela vai nos botar pra trabalhar em alguma loja de Winnipeg, pode ter certeza disso. O que ela nos dá por tudo o que a gente faz, hein?

Casa e comida, eu disse, como um papagaio que repete sem consciência, pois era essa a frase que nossa tia sacava como uma velha faca oxidada toda vez que Dani vagabundeava e ficava na cama até depois das nove.

Vamos ter isso e muito mais por nossa própria conta, Dani falou. Caminhava rápido por entre as árvores secas como se nos esperassem em algum lugar.

Você não tem pena da tia?

Pena? Você já viu como ela dorme de barriga pra cima sem ligar pra nada? Parece um urso!, Dani se curvou um pouco, encheu sua barriga reta e seguiu lentamente pelo mato recém-nascido, fazendo sons que eu tinha certeza que os ursos nunca fazem.

Dei risada e quis me convencer de que no fundo não me importava que tia Anita ficasse ali na casa fóssil passando mil invernos sozinha. Ela só precisava de seus placebos para o reumatismo e das garrafas contrabandeadas que algum *métis* trocava por produtos que ela trazia da cidade. Só pedi que a caminhonete continuasse funcionando para sempre. Que pelo menos isso restasse em sua vida.

Dani, ainda feito um urso, veio até mim e parou, do mesmo jeito que tínhamos visto aquela ursa jovem fazer uns meses antes.

Se você ficar, Nadine, vai se tornar tão porca e bêbada como a tia. Eu vou embora, com você ou sem você. Vou embora. O Petite Mort vai me cobrir com a lona do caminhão e eu vou viajar entre os cavalos. No Canadá nunca vamos ser ricos, Nadine. Pensa nisso. E pensa rápido porque eu não tenho muito tempo. Eles estão preparando uma carga de cavalos. E eu vou com eles.

E a Bolívia?, perguntei. Por alguns segundos imaginei que mamãe estaria nos esperando. Seu cabelo comprido e suas canções francesas que falavam de luas inalcançáveis.

A Bolívia?, sorriu Dani com uma ironia ácida que eu não conhecia. A Bolívia é uma doença mental. Você não lembra, Nadine?

Sentada na cadeirinha voadora que pendia de umas correntes com as quais certamente tinham escravizado pessoas séculos atrás e que rangiam como num filme de terror, naquela noite me pus a fazer o que Dani pediu: pensar. Tomar uma decisão. Escutava tia Anita mexer as louças na cozinha e podia vê-la em fragmentos, como num sonho, pois o vidro manchado e seu constante ir e vir a afastavam. Se movia lentamente. Suas pernas rabiscadas por varizes me despertaram compaixão. Era uma ursa exausta e sempre sedenta de álcool. Me dei conta de que minha imaginação vinha mudando, pois também na interioridade de meus sonhos as paisagens eram outras. Já não via mamãe arrastando seus longos cabelos pela relva de Yungas. As árvores de Santa Cruz, em geral baixinhas, tinham dado lugar a montanhas impassíveis, deitadas no horizonte. E as criaturas que antes me eram familiares e divertidas – os periquitos ou as araras azuis – tinham desaparecido, e uma nova fauna povoava meus desejos. Os ursos, as raposas, os cervos e os coiotes, suas sombras ou seus olhos de expressões diretas, por vezes doces, eram seres cotidianos em meu devaneio. Eu realmente queria ir embora, agora que uma certa ordem me permitia conviver com o pânico de cada dia e com todas essas silhuetas que a mínima mudança de luz desenhava sobre a superfície das coisas? A nova realidade que circundava nossa casa fóssil tinha vindo ao meu encontro e não havia me feito mal.

Sentada no balancinho, me lembrei da vez em que Dani e eu vimos uma ursa, uma de verdade. Era uma tarde do segundo ano. Dani e eu tínhamos subido até os mercados de La Pradera, a parte onde Manitoba acabava e o campo se abria em colinas onduladas, amplas, um pouco antes das estradas que levavam à capital, e quando voltávamos com as garrafas de vinho para cozinhar, a única coisa que podíamos comprar naquele momento com a identidade do meu irmão, Dani disse que eu adoraria ver Lua Sangrenta e Petite Mort domando os cavalos nos alambrados da reserva. Obviamente esses não eram seus nomes verdadeiros, mas comigo Dani se referia desse jeito aos únicos amigos que conseguimos fazer em Manitoba. Na verdade, se chamavam Kenya e Mistah, como qualquer pessoa em nosso novo país. Não eram nomes perversos como os nossos. De onde Dani tinha tirado esses apelidos para os nossos novos amigos? Estava claro que a imagem de tia Anita esparramada, depois de se tocar daquele jeito enquanto recitava poemas luxuriosos de seu precioso livro, havia impactado meu irmão. Isso é a *petite mort*, tinha dito com as feições retorcidas pelo prazer. Dani gostou da frase, e batizou com ela a sua amizade especial com Mistah. E Lua Sangrenta? Tenho certeza de que esse nome ele roubou dos meus pesadelos. O *Preacher* Jeremy nos contou sobre como José pôde enxergar a bonança e a miséria através dos sonhos do Faraó com vacas, os senhores se lembram? Catorze vacas ao todo, se fizermos as contas. Era possível que Dani, com os truques indígenas que aprendia com seu amigo Mistah, tivesse entrado nos meus sonhos para me acompanhar, para espantar os claro-escuros que pincelavam minha glândula pineal.

Em um dos sonhos mamãe aparecia sacudindo de seu vestido a terra fresca da sua tumba e as estrias de cinzas, suas próprias cinzas, do cabelo negríssimo. Mamãe voltava com um livro grande, de capa dura e brilhante, e desse jeito, com o cabelo desgrenhado pelo afã de voltar à vida, me contava uma história; abria uma das revistas de história em quadrinhos que papai colecionava. Vem, Nadine, chamava, senta no meu colo que eu vou te contar a história de uns guerreiros dos pampas argentinos, dizia, e embora o guerreiro se chamasse Juan Martínez, seus inimigos o chamavam de Huinca Negro, e à sua filha, a pequena que havia nascido com uma estranha pinta cor de vinho sobre a pálpebra direita, se referiam como Lua Sangrenta. A pequena Lua Sangrenta, dizia mamãe, não se envergonhava dessa marca de nascença, já que em sua família e em sua tribo todos pintavam o rosto de acordo com os dias festivos ou quando precisavam guerrear nas planícies.

Claro que eu não tinha como provar para o Dani que ele havia roubado aquele nome de mim. Invadir os sonhos alheios é um ato vergonhoso. O intruso pode ver ali tudo o que realmente desejamos e tudo o que nos enche de horror, como uma inundação irrefreável. É possível que o pobre Dani já não se lembrasse dos rostos dos nossos pais e isso explicava sua necessidade de saquear meus segredos. Dani também precisava vê-los e contar a eles o que acontecia em Manitoba, enquanto tia Anita começava a se desinteressar de nós para se embebedar abraçada aos garrafões como se fosse um cara.

No dia da ursa lembrei ao Dani quão proibido era nos aproximarmos da parte mais privada da reserva, onde os *métis* tinham instalado um cassino do qual se diziam coisas horríveis.

Tia Anita fazia pequenos negócios com os *métis*, mas entre isso e nos aproximarmos de suas cabanas havia uma diferença sideral. Naquela tarde ficamos na margem mais estreita do rio, de onde mal dava para ver as casas móveis, os bares e lojas de quinquilharias e os celeiros onde Mistah protegia os cavalos de raça das nevascas geladas.

Todos aqueles cavalos são dos *métis*?, perguntei ao Dani.

Quase todos. Alguns estão ali só por um tempo. O Petite Mort está preparando eles.

Preparando? Pra quê?

Pra competir em corridas, ou simplesmente pra que se comportem com os donos.

Dani vinha me contando com riqueza de detalhes a forma como Mistah educava aqueles cavalos, como falava com eles em sua língua e os bichos entendiam; como os penteava enquanto cantava músicas *métis* – que, segundo Dani, eram as mais lindas que o ouvido humano poderia escutar – e depois lhes dava de beber nuns cântaros onde deixavam os blocos de gelo derreter. Dani me dizia que Mistah montava nas madrugadas, antes do degelo mais cruel, que é quando o sol sai. Me contava que Mistah era seu amigo, que tinha uma cabeleira esplêndida, de um azeviche fantástico, e que era muito macho, porque conseguia se banhar na água gelada do lago sem tremer, deixando que a água polisse seu peito, eriçasse seus mamilos negros, envernizasse as tatuagens de sua pélvis e isso e mais aquilo... Dani não tinha vergonha de me contar os detalhes; chegou inclusive a detalhar como era o pênis de Mistah, largo, como a cabeça de uma cobra faminta... Me desculpe, *Preacher* Jeremy. Apenas quero deixar claro que meu irmão Dani não tinha como evitar essa atração, não dependia dele. Tudo está na glândula pineal, posso garantir. E a glândula pineal é a câmara da felicidade humana; ela registra cada um dos impulsos, em sua mais pura honestidade, como as caixas pretas dos aviões. O Senhor, nosso Criador, foi misericordioso ao nos presentear com tal diamante bem no centro da cabeça, não importa que venha danificado, como o meu.

Bom, eu dizia aos senhores que essa era a conversa que Dani e eu estávamos tendo quando, de repente, vimos a ursa. Ela era cinza, com as costas e o peito brancos. À primeira vista já percebemos que era um bicho jovem, puro instinto e pouca maldade, mas bastaria uma de suas garras para degolar nós dois. No entanto, permaneceu quieta e nos olhou como olham as pessoas, tentando atravessar a pele para saber que coisas acontecem dentro dos neurônios, como um eletroencefalograma. Em mim, fizeram muitos.

Escutei o Dani ofegar. Ele sempre fazia isso quando estava feliz ou quando estava nervoso. Meu irmão também podia ter sido um bom cantor gospel.

Nadine..., sussurrou meu irmão.

Apertei as pálpebras e disse a mim mesma o que sempre dizia quando não gostava das cenas da realidade real: que aquilo era um sonho e que se eu esticasse a mão para tocar o que se apresentava à minha frente, meus dedos atravessariam o ar, tocariam o nada, meu corpo avançaria no vazio. Eu estava nessa concentração, quando o grunhido terrível da ursa penetrou meu peito como um golpe de vento gelado.

Sa maeñ!, rugiu alguém. Não era a ursa, claro.

Dani mal respirava. Seu amigo Mistah havia detido a ursa com um único grito. Minha mão seguia estendida a poucos centímetros do bicho, mas ela olhou para Mistah como se reconhecesse ali um amo ou um irmão mais velho – da forma como certamente eu olhava para o Dani quando ele me tirava de apuros –, deu meia-volta e se perdeu entre as árvores, com uma ligeireza que eu nunca imaginaria em uma bola de pelos daquela.

Mistah baixou os ombros como se murchasse. Disse que era uma sorte que aquela fera natural – era o que eu entendia daquele francês mestiço que ele usava com meu irmão – não tivesse me feito nada, porque senão ele teria que sacrificá-la, e não estava preparado para carregar outro espírito nas costas.

Você carrega muitos espíritos com você?, Dani perguntou a ele.

Mistah sorriu com doçura. Tinha os olhos cinzentos e os dentes muito brancos e muito bonitos, exceto por um dente de ouro que lançava seu brilho impuro do fundo da boca.

Não é bom falar dos espíritos que alguém carrega, disse, levantando sua camisa para nos mostrar as tatuagens de seu estômago. Uma serpente rodeava seu umbigo e uma pantera se esticava de um lado ao outro de suas costelas.

Tenho outras nos braços, disse, e eu me lembrei da sede com que meu irmão havia me falado dele.

Dani esclarecia o que eu não conseguia entender, já que Mistah seguia falando naquela língua misturada. Dani entendia quase tudo. Podia-se dizer que ele também havia se apropriado daquela língua, tanto que muitas vezes traduzia coisas para a própria tia Anita. Eu interrompia a conversa com perguntas. Mistah era lento contando suas histórias excessivas e eu queria chegar logo ao desenlace, saber a que caminhos e situações o haviam levado, em sua vida humana, todos os bichos que ele se vira, segundo suas próprias palavras, obrigado a sacrificar – e nem sempre para evitar um mal maior; às vezes só para acalmar o que ele repetia uma vez ou outra: esse fogo.

E o que mais, o que mais?, eu perguntava. Mistah se calava por alguns segundos para tomar ar e voltava a se dirigir ao Dani como se eu não existisse. Sequer olhou para mim quando falou, por fim, com muita clareza:

Você tem que aprender a cultivar a paciência. Você tem que tecer melhor o tempo, respeitá-lo. Paciência e respeito. Como vai poder viver sem morrer?

Naquele dia fiquei pensando no que Mistah havia dito. Viver sem morrer. Definitivamente, aquela língua misturada que ele falava, o *michif*, era difícil, e eu não conseguia entender suas verdadeiras intenções, mas Dani, sim. Não percebi, por exemplo, em que momento daquela tarde cheia de sustos e surpresas Mistah pôs na bela cabeça dura de Dani que seria bom a gente ir embora. Mistah havia traçado um plano simples: Dani, que já tinha dezessete (o que, na realidade, não importava, porque entre aqueles índios modernos a idade era contada de outra maneira), se casaria com Kenya, e desse modo se transformaria em um *métis*, não porque a lei determinasse – me explicou Dani com a mesma lentidão que havia copiado de nosso amigo –, mas porque seus enlaces ocorriam sobre as copas das árvores e nos picos altos das montanhas, e esses eram os que valiam de verdade. Então poderíamos cruzar para os Estados Unidos sem a permissão nem a companhia de tia Anita e nossas vidas seriam verdadeiramente livres.

Estava claro que a proposta que Mistah havia inoculado em meu irmão florescia com solidez. A força nova dessa ideia fixa recobria seu rosto sem enfeá-lo. Dani havia tomado uma decisão e cabia a mim escolher um caminho.

Voltei a olhar Anne Escori através do vapor da janela. Ali estava ela, gorda e alcoólatra, naquele casebre pestilento. No fim das contas, era nossa tia, a irmã de que mamãe quis cuidar e que agora cuidava de nós. Que tentava cuidar de nós. Dani não a incluiu em seu destino. Dani tampouco perguntou quais eram os meus verdadeiros desejos. Se tivesse me perguntado, o que eu teria dito? Meu primeiro impulso talvez tivesse sido pedir "Que a mamãe volte à vida", mas de todas as coisas impossíveis desse mundo, essa era a mais impossível de todas. Certamente eu teria me conformado em pedir um sorvete de chocolate ou para ter o cabelo de Kenya, que era vermelho porque ela moía uma semente e misturava com terra para pintá-lo. Se Dani não tivesse nascido gay, com certeza teria caído profundamente de amores por Kenya, que merecia o nome secreto com que meu irmão a apelidou, Lua Sangrenta, pois seu cabelo se incendiava com o sol do entardecer. Lua Sangrenta, sim, ainda que se vestisse como qualquer outra gringa de Winnipeg: com casacos acolchoados de penas e botas de borracha para caminhar na neve e suportar os invernos assombrosos e as falsas primaveras.

Procurei um centavo em minha parca, mas eu nunca guardava dinheiro.

Olhei para o céu noturno. Me lembro bem dele. Ainda vejo as nuvens avançando com intenção de cobrir a lua minguante, de morder o pouco que restava dela. O vento as dispersava e a lua seguia intacta, como uma raspa de limão. Fechei os olhos e contei até dez. Se ao abri-los a lua continuasse limpa, eu ficaria com Anne Escori na casa de vigas podres. Se as nuvens a tivessem vencido, iria com Dani e seu amigo Mistah para onde quer que o caminhão com a carga de cavalos de raça nos levasse. Um, dois, três, quatro, comecei a contar...

Durante a semana, Dani disse que a fuga requeria dinheiro. Teve o bom senso de não me exigir o diamante, pois eu não teria me desfeito dele por nada no mundo. Levar aquela joia comigo me fazia sentir segura. Eu aproximava o diamante do rosto e ele me iluminava; e por uns segundos sentia que algo em mim se embelezava, apesar do quanto havia engordado e do modo como os pelos dos meus braços tinham engrossado. Não era mais que uma jumenta borralheira, cercada sempre pela aura cinzenta dos meus temores. A glândula pineal já estava fazendo estragos na minha constituição. Muito tempo depois soube que essa gordura poderia ser usada para potencializar minha voz, para rugir, para louvar, para chorar cantando.

Durante as semanas seguintes, Mistah levou Dani em sua caminhonete até os hospitais e postos de beira de estrada para que vendesse seu sangue. Os *métis* nunca doavam, por uma questão de crença em seus ancestrais e de fios de prata que se soltavam com consequências fatais, de modo que o sangue de Dani era muito apreciado. Juntaram quase quinhentos dólares. Os senhores certamente podem fazer as contas de quanto sangue significavam quinhentos dólares, trinta e poucos anos atrás. Era dinheiro demais para gastar todo numa viagem por terra até os Estados Unidos. Com aquela quantia dava para chegar ao fim do mundo. Tia Anita foi a única a notar que Dani estava ficando pálido, e prometeu que nos levaria para tomar vermífugo. Nunca o fez. Do mesmo modo que nunca me levou ao pediatra para que analisasse a diferença entre as minhas pupilas e, assim, descobrisse o espírito maligno que subia desde a minha nuca e ameaçava governar meu corpo, fatalmente tomando assento na sela túrcica.

Na noite em que os *métis* celebravam sua festa da Caça Anual de Búfalos, Dani e eu conseguimos enfim obter uma permissão oficial de tia Anita para voltar tarde para casa. Ela tinha parado de usar a chantagem do espírito maligno porque já não éramos crianças e as histórias de vultos e demônios se tornaram ineficientes – contudo, se você olhasse para o rosto dela, sempre inchado, se convenceria de que todo aquele controle usado para nos extorquir, ou pelo menos a mim, era real e havia se abatido sobre ela. Nessa noite deixamos o jantar pronto para ela, pusemos seu colchão no meio da sala – porque a viga podre do teto do quarto estava por um triz de desabar –, e acendemos a lareira. Dani colocou toras verticais para que as chamas não se extinguissem tão rápido. O termômetro ia baixar sem qualquer consideração por humanos ou bichos.

Eu ainda não havia comunicado minha decisão, mas a caminho da reserva, Dani me tratou como se tudo fosse uma longa despedida. Me mostrou a tatuagem que Mistah tinha desenhado em seu peito, misturando cores vegetais com as cinzas de nossos pais. Era o símbolo do infinito, o oito que levita no nada, dentro de um olho. Me confessou que tinha acabado de pegar o dinheiro que tia Anita guardava em uma lata de tabaco Prince Albert, que não era muito, mas ajudava. Não quis pensar que Dani estava tomado pela ganância; ou por acaso quinhentos dólares não eram o suficiente para se começar uma vida nova? Por que levar também as economias de uma velha bêbada? Dani leu minha mente e disse que para montar um negócio nos Estados Unidos, como ele havia imaginado, quinhentos dólares eram um valor ridículo. Além disso, com certeza tia Anita tinha outras latas de dinheiro escondidas. Ele podia apostar. Me disse que talvez fosse hora de relembrar alguns golpes de kung fu, para o caso de tia Anita e eu nos mudarmos para Winnipeg e eu começar a frequentar alguma escola. Eu havia me esquecido completamente dos golpes de kung fu. De todo modo, bastava olhar para o meu corpo, a forma como meus músculos se friccionavam ao caminhar, para concluir que eu não seria capaz de levantar a pata um palmo acima do mato recém-nascido, que dirá derrubar quem quer que fosse com um golpe oriental.

Na reserva, os *métis* tinham montado tendas e o cheiro de carne de búfalo assada flutuava como uma provocação intensa. Kenya dedilhava um violão e cantava coisas em *michif*. Tinha colocado a pele de um asno como capuz, com orelhas e tudo. Seu rosto bonito, de maçãs orgulhosas, contrastava com aquela pelagem cinza que a protegia do frio.

Naquela noite comemos, bebemos e dançamos ao som dos violinos como se estivéssemos possuídos. Dani ficou tonto rápido, certamente porque a venda de uma quantidade grande do seu sangue tinha minado a resistência da qual sempre havia se gabado. Quando competíamos entre nós tomando pequenos goles das sobras das garrafas que tia Anita deixava de lado na despensa, Dani sempre ganhava.

Cansada, quis me sentar ao lado de Kenya, perto das brasas ainda quentes onde tinham assado a carne. Kenya me ofereceu o capuz e, apesar de recear ficar ridícula e feia sob as orelhas daquela pele, não quis ser descortês e a vesti. Me empenhei procurando o melhor de mim para oferecer em troca, e só encontrei a minha voz. Então abri minha bocona e cantei como nunca havia cantado antes. Era uma canção gospel que eu tinha ouvido na rádio, uma canção profunda, de poucas palavras, que acelerava meu coração. Foi a primeira canção gospel que cantei na vida.

Kenya disse: Você tem a voz mais resplandecente que eu já ouvi, Pele de Asno.

Senti que ruborizava. Quis dizer: "Obrigada, Lua Sangrenta", mas me contive, pois não queria manchar nossa amizade com o menor mal-entendido. Também achei que não ficava tão mal sob o capuz peludo; ele não apenas escondia a minha gordura, mas também me aproximava daquele jeito de ser misterioso e natural dos habitantes da reserva. Era uma pena que Dani quisesse ir embora de um lugar onde por fim nos sentíamos em casa.

Depois da meia-noite, quando a maioria dos homens já tinha se embebedado e algumas mulheres riam de um jeito mais violento e luxurioso, Mistah pediu a Dani que o acompanhasse aos estábulos. Um dos velhos disse algo em *michif* e riu com malícia.

Tinha se passado cerca de meia hora quando Kenya me perguntou se eu também queria ver os cavalos que iriam viajar para a grande competição equina em Minnesota. Poderíamos penteá-los e cortar as pontas secas de suas crinas para que se vissem como de fato eram, donos das estepes, da velocidade e do vento. São os nossos representantes, Kenya disse.

Voltem logo!, falou o mesmo índio velho que havia rido de Mistah e Dani. Seu rosto envolto pela fumaça amarga do tabaco não expressava nenhuma preocupação. Era o rosto de alguém que reconhece com serenidade os extremos do mundo: a chuva e o inferno. O tédio e a ressurreição dos mortos queridos. Os olhos vítreos, celestes, eram idênticos aos de tia Anita. Quem sabe em vidas passadas também tivessem sido irmãos. Mas essa era outra vida.

Voltem antes que as fogueiras se apaguem. Tem brancos circulando; sem gracinhas!, voltou a rir o velho.

Esse último comentário confirmou a minha felicidade. Dani e eu não éramos considerados brancos na reserva. Estávamos ali como mais um parente. Por um instante a imagem de tia Anita dormindo esparramada no colchão que tínhamos jogado no meio da sala me perturbou. Ela sim seria uma branca bêbada na festividade anual dos búfalos.

Nem Kenya nem eu nos espantamos ao escutar os murmúrios de Mistah e Dani em um dos cubículos. Não fingimos que se tratava dos bichos nem tossimos ou fizemos qualquer tipo de interrupção que expressasse incômodo. Algo dentro de mim se alegrava por Dani. Me desculpe, *Preacher* Jeremy. Senti uma coceguinha inexplicável no ventre. A voz agitada de meu irmão, seus gemidos, as palavras roucas que Petite Mort lhe sussurrava, compunham um ato privilegiado cuja compreensão eu não alcançava. Mas não estava ali para compreender. Era meu destino que tinha me guiado. O destino do Senhor, *Preacher* Jeremy, irmãos doutores, irmãos do Templo Niágara.

Kenya sorria. Tinha pegado uma navalha com empunhadura de osso e aparava suavemente as crinas de um pônei. Era muito bonito aquele pônei. Tudo era bonito naquela noite.

Tudo era bonito até que os faróis de um jipe iluminaram a porta traseira do galpão, perto dos cochos. Kenya gritou alguma coisa, disse "Mistah! Mistah!", com uma angústia que não era própria da temperança dos *métis*.

Os brancos que desceram do jipe não portavam armas e pensei que isso poderia ser uma vantagem ou uma esperança. Eram cinco homens grandes, com cortes de cabelo que naquela época estavam na moda e que alguns cantores pop usavam. Apenas um carregava um ferro comprido, uma ferramenta de caminhão. Abri e fechei os olhos três vezes seguidas para confirmar que não se tratava de uma cena que meu fiel companheiro, o medo, tinha criado na penumbra do galpão. Eles continuavam ali.

Com uma lanterna iluminaram o rosto de Mistah, que mal teve tempo de levantar as calças, enquanto o maior dos homens segurava meu irmão pelas costas, de um jeito que não poderia ter sido impedido por nenhum golpe de kung fu de que conseguíssemos nos lembrar de nossa pré-história infantil.

Aqueles homens reivindicaram um dinheiro de apostas e de heroína a Mistah. Vasculharam nos bolsos, dentro das botas, esbofetearam todos nós. Pensei que cuspiria meus dentes cariados.

Onde diabos está o dinheiro?! Você achou que a nossa estupenda China White era uma oferenda pros seus deuses estúpidos? Tá na hora de pagar, sua puta!

Chamavam Mistah de puta.

Eu sentia muita vontade de vomitar... Eu... Não quero entrar em maiores detalhes, *Preacher* Jeremy, porque acho que todos já entenderam o que aconteceu naquela festa anual de búfalos. Aqueles homens sodomizaram Mistah, enquanto Dani chorava como não havia chorado nem na morte definitiva dos nossos pais. Puxavam os cabelos de meu irmão para que não perdesse nem um instante daquele horror. Um deles, que tinha a boca pintada e usava uma meia-arrastão de cabaré, se aproximou do rosto redondinho de Kenya e lhe disse com a mais falsa das doçuras: Tenho duas opções para a princesa. Raspar o cabelo. Deixar o couro liso pra todo mundo saber que ela e seus ancestrais nos devem um bom dinheiro. Ou te cortar.

Kenya sequer teve tempo de escolher entre as duas supostas opções. Em segundos o sujeito pegou a navalha da bela Lua Sangrenta e rasgou o canto esquerdo de sua boca, até quase a orelha.

Teve sangue negro no pasto. Teve sangue. Muito. Talvez rios assustadores de sangue que fertilizaram as plantações com o mal, fios invisíveis e viscosos que mancharam tudo, o ar e a respiração, a madeira e o ferro. Sangue daqueles que grudam na sola dos sapatos para que suas pegadas devorem os calcanhares com sua perfídia.

Achei que fosse morrer naquela noite. Ouvia Dani chorar e ouvia os gemidos bestiais daqueles homens e o soluço cada vez mais apagado de Kenya, e não podia imaginar meu próprio castigo.

Mas... castigo por quê? Castigo por quê?, começou a se perguntar uma voz dentro de mim. Castigo por quê?, começou a gritar essa voz. E gritei com uma potência que não conhecia, gritei com toda a gordura do meu corpo, gritei desde a minha glândula pineal, agora eu sei. Tanto, que aqueles homens talvez tenham se assombrado que um ruído daquele saísse de mim, da minha garganta enojada. Tanto, que eu mesma quase nem percebi que já não era mais eu quem rugia, e sim a ursa, a mesma ursa que Mistah havia detido antes que ela me aniquilasse com uma patada só.

Era ela que agora encurralava três daqueles sujeitos no último cubículo e que rugia com uma dor que só podia vir da alma e da humilhação e do amor ferido.

Mas o pior de tudo talvez tenha acontecido ao amanhecer. Como já disse aos senhores, a massa que planeja reinar na sela túrcica da minha hipófise e rodear com seu veneno a borboleta pineal me impede de situar cada coisa em seu devido lugar. Tempo e respeito, Mistah havia dito. Respeitei essas lembranças que agora apresento aos senhores em testemunho, caso a cirurgia as leve embora e em meu crânio reste apenas o vazio. Sem mais fantasias. Os médicos dizem que a cirurgia será minimamente invasiva, muito menor do que acharam que seria necessário – o que devo ao gospel, a minhas expirações de ursa, ao fervor côncavo de meu palato, essa cura amorosa. A glândula pineal, dizem, se alimenta do ar e das frequências e dos níveis hormonais. O gospel é tudo isso.

Dani e eu voltamos em silêncio para casa. Era impossível conversar, respirar, entender, falar. Andávamos movidos pelo hábito. Dani cheirava à merda, sua ou de Mistah, e à bosta de cavalo. Soluçava de vez em quando. Os *métis* nos proibiram de chamar a polícia. Aquela afronta imperdoável tinha acontecido em seu território e eles em breve saberiam como fazer justiça. Alguns quilômetros depois percebemos um resplendor quente que conferia um halo diferente ao bosque. Fui eu quem começou a correr. Dani me seguiu por instinto, com uma obediência de zumbi.

Nossa casa era uma prodigiosa sarça ardente que lambia os troncos das árvores e avançava como uma legião pelos pomares. Entendi que o som daquela crepitação descomunal era o de todos os esqueletos que haviam me atormentado. As caveiras das bétulas, as de nossos pais e agora a de tia Anita.

Era provável que as autoridades passassem alguns dias tentando reconhecer nossos ossos entre os restos do incêndio, dias que nos deram uma vantagem para ir embora. Não foi uma fuga, garanto aos senhores. Era uma pirueta a mais na longa viagem que começamos quando tia Anita assinou o documento da custódia. Dani disse que era melhor a gente se separar, porque os *métis* tinham avisado que os caras que humilharam Mistah agora procuravam por ele.

Fica com o diamante, falei, com uma força desconhecida.

Dani olhou para a joia com ternura, sorriu e a colocou no bolso. Anos depois vi uma joia idêntica. Era uma estalactite.

Alguns anos se passaram até que eu descobrisse que assassinaram o Dani. Não os mesmos sujeitos. Dani já tinha um nome de índio; e a sua morte, sua pequena morte, aconteceu numa briga de bêbados.

Minha viagem acabou sendo a mais longa. Vocês, meus irmãos do Templo Niágara, sabem com quantas quedas menores o Senhor semeou meu trajeto. Quando me tornei velha demais para continuar perambulando pelas casas do sistema de adoção, cruzei para os Estados Unidos. Cantei em bares, enchi meu coração de cocaína, e devo confessar que não foi tão ruim. Talvez em minha personalidade haja partículas daquele impulso vital que empurrava minha tia em direção ao precipício fascinante que nós mesmos podemos ser, a busca profunda, o conhecimento perigoso. Se decidi seguir os preceitos do Templo Niágara foi porque me ofereceram aquilo de que meu ser precisava: cantar, rugir, usar minha voz de ursa para rasgar o ar. O senhor me desculpe, *Preacher* Jeremy, mas a verdade é essa.

Foi, enfim, com os cantores extraordinários do Templo Niágara que aprendi a técnica do gospel. Eles sempre deixaram claro que meu talento não dependia da técnica, mas do coração. Também disseram que o tom da minha voz feria e aliviava, que era uma voz grave e resplandecente. Assim falaram e assim eu entendi.

Dei a vocês nesta Assembleia médica o meu longo testemunho, antes da minha cirurgia, e, caso o laser também incinere a minha memória, quero agradecer a todos por esses anos de gospel. A primeira coisa que aprendi com esse canto generoso foi a respirar, a fazer do oxigênio um alimento. E foi na respiração que o Senhor operou o milagre. Dizem os médicos que ao inspirar com o estômago e expirar nos louvores sustenidos pude frear sistematicamente o desenvolvimento da massa maligna e proteger a área delicadíssima que circunda a glândula pineal. De outro modo, teria morrido há anos, sem a oportunidade de revelar aos senhores a pessoa que sou e que talvez não fosse se meus pais não tivessem falecido em Yungas ou se minha tia não tivesse carregado tantas lembranças de Paris que a conduziam ao esquecimento do álcool ou se eu não tivesse caminhado junto com o Dani para a festa anual dos búfalos. Graças ao gospel experimentei o êxtase que Leonard Cohen celebra em seu belo hino: "a ascensão maior". Graças ao gospel descobri que levo o espírito dessa ursa no centro dos meus hemisférios e é a ursa quem canta e ruge quando paro no átrio e elevo a minha voz. É a ursa Ayotchow, não eu. Desculpe, *Preacher* Jeremy, me desculpem irmãos. É a ursa. É Ayotchow. Lembrem-se disso quando escreverem meu caso médico para a revista científica que o solicitou. Lembrem-se, por favor; meu verdadeiro nome é Ayotchow, a ursa do gospel.

IRMÃO CERVO

O cheiro de remédio que brota como uma aura do corpo de Joaquín tomou nosso quarto. Vai embora em alguns dias, disseram a ele. Mas dessa vez foi diferente. Oito amostras de sangue por turno, dieta branca,[1] zero exposição solar. O pagamento é bom, isso é verdade. Não vamos ter que nos preocupar com o aluguel da cabana por alguns meses. Joaquín vai escrever sem remorso sua tese sobre clonagem de lhamas andinas e outras espécies de camelídeos e eu vou tentar publicar a minha, uma análise esquematizada demais sobre o que, pretensiosamente, naquele momento intitulei de "Reino do fantástico" e que agora pouco me entusiasma. E, claro, vou poder me dedicar por horas a compreender o mapa astral do meu irmão. Não passo de uma analfabeta do cosmos, balbuciando uma simbologia que mal entendo.

Você tinha que se inscrever em fundos de incentivo à pesquisa, suspiro. E foi assim que chegamos ao tema do experimento. Eu não gosto do que a gente está fazendo, Joa. Do que

---
[1]. Dieta à base de frango, principalmente, razão pela qual recebe este nome.

estão fazendo com você. Você fala que essa é a fase mais segura, que, se não fosse assim, não aplicariam em humanos. Mas eu tenho minhas dúvidas, sabe? Dá na mesma pra eles quem são os seus sujeitos, ou... como é que você disse que eles chamam vocês?

Prospective subject, explica Joaquín com a voz empedrada que o pessoal do hospital lhe deixou.

Ou seja, sujeito prospectivo.

Isso.

Bom, seja como for. Pra eles dá na mesma. Macacos, sujeitos, pessoas. Sei lá.

Passo a mão por suas costelas, porque é isso o que o tato me concede por baixo da pele ressecada. O excesso de vitamina A fez mingau de sua epiderme. Ainda não pode expô-la ao sol. Me lembro disso e não fico totalmente convencida das cortinas de tule preto que consegui entre as sobras de artigos de Halloween nas promoções do Walmart. Uma claridade atenuada pelo tule gótico, mas ainda assim insistente e nociva, nos cobre.

O que acontece se você tomar muita luz do dia? Você vira um vampiro ou o quê?

Já te expliquei. O fígado. Poderia desencadear uma hepatite tóxica. No experimento anterior eles tiveram um caso assim. O processo foi altíssimo, por isso agora a gente precisa assinar a cláusula 27. Nada de processos. Nada de sol. Nada de filhos.

Senão teríamos monstrinhos.

Exato.

Bom, nada que a gente já não possa gerar sem a ajuda desse experimento... Como chama mesmo?

A-Contrarreativo. É um nome provisório. Se os resultados forem bons, com certeza vão inventar um nome de farmácia, desses que só pronunciando já se consegue liquidar qualquer vírus.

A-Contrarreativo... parece a senha de uma missão bélica. E quando a gente vai poder transar?

Agora mesmo, se você quiser. Com camisinha, claro.

Eu odeio o plástico. Quando a gente vai poder transar sem isso?

Em seis meses, amor meu. Quando não sobrar mais rastro dessa substância. E, além disso, quando você aceitar tomar os antialérgicos contra os anticoncepcionais. O pessoal do experimento dá pra gente de graça. Ou você quer ter um filho com duas cabeças?

Escuta só como soa esse enredo: antialérgicos contra anticoncepcionais. Barreira contra barreira. Mil vezes melhor a castidade!

Não sei por quanto tempo dormimos sob a luz do sol escurecida. Joaquín, deitado de lado, sua os resíduos do composto de última geração que promete curá-lo de tudo, o pescoço desconjuntado como o de um frango pronto para se tornar comida. Eu tento proteger com meu corpo as costas crísticas de Joaquín, essa tela desidratada onde não se vê uma pinta sequer, apenas a insinuação das omoplatas, prova incontestável da negativa divina em nos transformar em criaturas melhores, em anjos caídos ou pássaros de uma espécie ordinária mas feliz. Em tudo isso as costas de Joaquín me fazem pensar. Ou melhor, eu sempre penso nas costas dele. Poderíamos ter nos esparramado no tapete do living assistindo vídeos no YouTube, mas faz semanas que não passamos o aspirador, e sobre a penugem gasta ainda persistem os pelos dos bichos de que cuidamos por uns poucos dólares. Pelos por toda parte. E esse pó fino do fim de outono que as colinas de Ithaca desprendem como se fossem elas, e não nós, que descamam. Pelos, pó e o cheiro dos fármacos, em uma combinação perturbadora que ofende o fígado. Nós, vencidos por um desânimo que o dinheiro teria que fazer desaparecer e que estranhamente apenas acentua. Nós, vencidos...

Acordo com o barulho do chuveiro. Também ouço, abafada pela água, a tosse de Joaquín. A luminosidade é agora a de uma noite clara. O tipo de noite que antecede a neve. Me levanto e avisto as silhuetas de três cervos atravessando a plantação. Devem ser os mesmos que voltam todo dia para velar o vulto morto que temos uma preguiça brutal de reportar ao departamento de animais, ou seja lá como se chama. Bom, quando cair, a neve terminará de sepultar o irmão cervo e todos ficaremos em paz. Então me lembro lentamente de que sonhei com o possível filho que Joaquín e eu geraríamos sob a influência do A-Contrarreativo, um filho feito de vitaminas e dinheiro que não sabemos usar. Boiava no meu interior como um bichinho ultramarino. De frente para o espelho, com uma barriga de sete meses, podia identificar através da pele translúcida do meu ventre cada parte de sua carne não nascida: as duas cabeças, as pálpebras fechadas sob o terno inchaço dos fetos, as mãozinhas perfeitas e os pezinhos coroados por dedos supranumerários, pezinhos primitivos que alguém tinha costurado pelos calcanhares compondo pétalas repletas de tecido recém-formado. Uma beleza de filhinho o que palpitava na minha barriga. Ou seria filhinha? Tomara que minha memória vá descobrindo uma vulva diminuta no que vou recordando do sonho.

Me acerco da janela e apoio o nariz contra o vidro congelado. Limpo o vapor que se forma pelo contraste entre a atmosfera do cômodo e a temperatura exterior. Um cervo se aproxima como se tivesse me reconhecido, assim como eu o reconheço, é o mesmo colega de alguns dias atrás. Tem um chifre mais comprido que o outro.

Olá.

O cervo dá três coices. Deve ser uma forma de cumprimentar. Então se aproxima outro, menor, deve ser seu descendente. Não sei se chamamos os cervos bebês de "filhotes", tão insuficiente essa linguagem para entrar nesse mundo de elegância e beleza. O cervo mais velho o empurra com duas cabeçadas, ande, volte a chorar pelo vulto. Estão tão perto da minha janela congelada que posso notar a melancolia de seus cílios. No filho do A-Contrarreativo, se dependesse de mim, poria esses lindos cílios longos de cervo.

Vai com o seu menino, digo ao cervo. E ele me obedece.

Pela manhã me ponho a fritar um ovo, só para mim. A lecitina é mortal para o fígado saturado de Joaquín. Me concentro no ovo e de vez em quando olho para uma árvore artrítica através da janela da cozinha. Não tem muitos dias, essa árvore era uma chama ardente, uma mecha profusa de folhas avermelhadas. Pobre dela, agora. Por essa janela não entra a luz do sol. O sol sempre nos cumprimenta pela sala de televisão. Mesmo agora, com o tule preto que veda o dia, o sol frio se empenha em queimar os objetos. Na astrologia, quando um planeta está muito próximo do sol, perde sua personalidade; arrebatado pelo esplendor do grande astro, o planeta menor se cega. Meu irmão era de Escorpião e também tinha Vênus e Netuno nessa casa. Tão próximos de seu Sol estavam os planetas do amor e dos altos ideais, que se contagiavam por aquele ardor perigoso e, incendiados, não conseguiam se dedicar aos demais, não conseguiam penetrar na vida para defender sua alma da violência que se relacionar com os outros sempre supõe. Pelo contrário, Netuno e Vênus, alheios à grande luz, retornavam iracundos ao coração anárquico do meu irmão e o atacavam a navalhadas, despedaçando a esperança, a confiança, a centelha de sua própria imagem, a mínima possibilidade de uma redenção.

Com a mão esquerda me custa virar o ovo para que fique uma bolha decente, ondulada nas bordas. Mesmo assim o faço, e o óleo respinga no meu peito. Molho o indicador com saliva e esfrego o lugar que o óleo queimou. Tento não usar o braço direito enquanto estou em casa, é meu instrumento de trabalho no supermercado. Às vezes tento me desapegar afetivamente do braço. Penso nele como uma pinça ortopédica, uma ferramenta que pega os objetos – o xampu, a carne, os barbeadores, os cereais, as redinhas com frutas orgânicas, os fixadores de dentadura – e os desliza da esquerda para a direita com a suavidade de quem não possui músculos, apenas molas elétricas. Já tentei deslizar os objetos com a esquerda, mas desse jeito perco a precisão para apontar os códigos corretamente contra o leitor. Acabo fazendo duas vezes o trabalho, o cúmulo da burrice. Então volto a exigir do meu braço que se comporte com atitude de ciborgue, não queremos que os caixas automáticos de autosserviço nos tirem esse miserável trabalho *part-time*. De modo que o ovo vai ficar malfeito mesmo, como se tivessem dado um murro em seu rostinho de ouro.

Faço ainda uma torrada para mim e unto com mel. De café da manhã, Joaquín come a famigerada porção de frango cozido e uma xícara de café.

Hoje neva, diz Joaquín.

Tomara. Assim a gente não precisa ligar pro departamento de animais.

Quantos dias já passaram?, pergunta engolindo saliva. Deve estar com a garganta seca também. Uma pena que não possa comer iogurte.

Me aproximo da janela e afasto um pouco a cortina preta, como se olhar o vulto fosse me trazer a resposta certa.

Já deve ter dado quatro dias. Não, não, são cinco. Ele está aí desde sexta. Você voltou do experimento no domingo. É, são cinco dias.

Já está com um cheiro horrível. Você não acha?

Não diria horrível. Cheira mal, sim, mas não é pior do que esse lixo do contêiner da garagem, todo remexido pelos ratos. Mas logo vai nevar, vai ser um santo remédio. Nem cheiro nem vulto. Sepultado como Atlântida.

Será que não é melhor ligar no departamento e deixar que eles cuidem disso?

Liga você. Eu não falo bem inglês e odeio que me transfiram pra mil atendentes. E já preciso sair correndo pro mercado. Hoje vou fazer três horas só de "Atendimento ao cliente", então é bom guardar uma reserva de bom humor.

Vou ligar depois do almoço, quando você voltar. À tarde com certeza eles têm menos ocorrências.

Depois do almoço, no entanto, descubro a mancha nas costas de Joaquín, essas costas de faquir que até a noite anterior eram uma savana intacta.

O que é isso aqui?

Seguro para ele o espelho árabe do corredor e ele observa seu reflexo no espelhinho mágico de aumento com que extirpo ferozmente minhas sobrancelhas. A mancha não é grande, parece mais uma impressão digital secreta, ou como se alguém – que não eu – tivesse lhe cravado o polegar nos gloriosos segundos do orgasmo.

Você bateu em alguma coisa?

Não que eu me lembre. Mas com o lance dos efeitos colaterais...

Você não teria que avisar pra eles?

Vamos esperar um pouco mais. Eu não quero ir até lá pra preencher formulários e eles tirarem meu sangue de novo.

O que será que eles fazem com todo esse sangue que tiram de vocês, né?

Analisam, basicamente. Armazenam. São documentos, evidências, provas científicas. Se não, como eles vão se defender da OMS ou de qualquer queixa de algum hippie antimedicamentos? Com o nosso sangue, claro!

Me assusta a veemência de Joaquín, ainda mais porque agora que a noite prematura voltou a se instalar, está mais pálido que de manhã. Uma veemência que parece raiva. Talvez disso se tratem os testes, sintetizar todas as *hybris* das emoções, a indignação e o medo, por exemplo, e ver se essa contradição insuportável nos tira um pouco dos lugares onde acomodamos, anestesiados, nossas inconfessáveis ambições.

Veemira, esse devia ser o nome artístico do medicamento que está transformando meu marido. Mas ele tem razão, o que eles querem é o seu sangue. Com isso se protegem dos possíveis erros. O sangue tornado código e estatística e tendência. Nada mais irrefutável do que o sangue matemático. Sangue científico que vai permitir o comércio dessa fórmula prodigiosa capaz de fazer frente à lepra, à acne, à Aids, às dores da alma e a todas as pestes que apareceram com o aquecimento global. De algum modo tudo isso me recorda um caso que estudei na minha tese. O caso de Azucena de Quito, uma garota que alcançou a santidade pelo único método possível para esse tipo de tarefa: se atormentando. Essa garota adoentada do século XVII precisava ser drenada diariamente. A indígena Catalina, incumbida de se desfazer das extrações que ao meio-dia o sangrador sorvia, jogava o líquido no pomar. E foi nesse pomar fertilizado que nasceu a mais bela açucena, uma flor que jamais murchava, que se fechava pelas noites e ao amanhecer se abria, sempre nova, em absoluta posse do tempo. Dela emanava uma fragrância que arrebatava a alma. Quantas viagens teria vencido a serva Catalina docemente embriagada pelo incenso desse sangue?

 O sangue de Joaquín também faz milagres. Éramos pobres e já não somos mais. Estávamos à beira de declarar falência e já não estamos. Nos perturbávamos na insônia dos cartões de crédito e agora nossa reputação crediária está a salvo. Vamos viver assim, de experimento em experimento, até que Joaquín se torne ele mesmo um médico cheio de respostas futuristas ou até que eu encontre um trabalho próximo da dignidade em alguma faculdade de humanas e renuncie definitivamente ao meu *part-time* de caixa do Walmart. *Did you find everything okay? Have a nice day!* E, claro, *Merry Christmas* e *Happy holidays!*

Penetro na bruma, protegida pelo meu poncho. Acendo a lanterna do celular e avanço na ponta dos pés até o vulto. A neve está novinha e ainda parece algodão, mas sigo avançando na ponta dos pés porque sei que no reino da noite só se pode entrar assim; não seja por excesso de confiança que o chão se abra sob meus pés e eu acabe em outro lugar. Um grito não me salvaria dessa abdução subterrânea. Moramos tão longe de tudo, cercados pelos *Finger Lakes* e pelo rumor das cataratas, que meu grito se confundiria com o de algum lobo assolado pela fome.

O cervo tem os olhos abertos e ainda há brilho nas córneas. Deve ser o efeito do frio se materializando sobre todas as superfícies. De fato fede, um cheiro entre amargo e adocicado que ainda não é insuportável, mas que invade o ar em pequenas lufadas. E é fato que de sua barriga rachada por um tiro têm se alimentado os ratos da região, que devoram as tripas da mesma forma que os vermes. Eu os vi fuçando aí com aquele jeito sinistro que os roedores têm de comer, aplicados, minuciosos. Talvez, inclusive, nos primeiros dias tenham até acampado aí, em busca de um último calor. É preciso sobreviver ao maldito inverno, na verdade não os culpo.

Fico de cócoras para olhá-lo melhor. Percorro seu corpo com a luz do celular sem poder evitar a sensação tristíssima de estar ferindo algo invisível. É uma cerva. Não tem chifres. Na barriga despedaçada ainda se notam as tetinhas inflamadas, não sei se pela violência de sua morte ou porque estava prenha. Os ratos devem ter devorado a cria também. Me vem uma profunda, incômoda, vontade de chorar. Estico a mão para acariciar suas patas.

O que raios você está fazendo?

Caio de bunda. Uma náusea me invade.

Merda! Nada. E você, está fazendo o quê aqui fora?

A lua não vai me matar.

Mas o frio, sim. Te falaram para não pegar nenhuma gripe. Acaba com esse experimento maldito de uma vez.

Deus, como fede esse troço!

Não chama ela de "troço". Por favor... não chama ela assim.

No sétimo dia depois do experimento decidimos ir ao hospital. A mancha cresceu e agora cobre boa parte das costas de Joaquín, como um hemisfério aquático que vai moldando a areia com uma serena paixão. Nevou sem dó, então vamos em velocidade moderada, especialmente porque faz três anos que estamos com esses pneus já várias vezes recauchutados. Prometemos que um dia compraríamos rodas para a neve, dessas que têm dentinhos, mas são tão caras que mesmo agora dissuadimos um ao outro, pensando que um dia o inverno vai acabar. Além disso, tivemos que esperar o entardecer, para que durante esse trajeto tão longo Joaquín não recebesse nem uma pitada da luz nociva multiplicada pela paisagem branca. Joaquín procura uma rádio boliviana em seu telefone e a conecta ao Bluetooth. As vozes, os sotaques tão queridos, chegam com interferência por causa do temporal. "Estamos nos matando", soluça alguém em uma entrevista. Me inquieto no banco. Quero saber mais desse "nós" desesperado que se revela nessa voz entrecortada.

Minha mãe fala que é um outro país, comenta Joaquín. Quem sabe a gente devesse ir. Ver de perto como eles estão.

Minha irmã fala que as pessoas mudaram tanto que todos já são outras pessoas. Não sei se devemos ir, Joa. Não agora. Vamos quitar as dívidas primeiro.

Nós também não somos os mesmos, né? Tento tirar sarro de Joaquín, que se olha por um instante no espelho retrovisor. O bálsamo de manteiga de amendoim sobre seus lábios destruídos não parece aliviá-lo em nada; seguem ali as crostinhas incuráveis, tensionando as comissuras de sua boca em um gesto quase cínico.

Passamos pelas fazendas da região. Os depósitos de madeira escura que se erguem como templos de religiões malignas sempre me fazem imaginar meninas sequestradas que já não se lembram de seus nomes, garotinhas presas por correntes tão espessas como as que usam os tratores limpa-neves para se impulsionar nesses pântanos brancos, de modo que fecho os olhos e os abro quando calculo que já estamos na parte mais bonita do caminho. Aqui fica o cemitério dos soldados. "O último lar dos heróis", diz um letreiro tímido na trilha de acesso. Imagino que, do ponto de vista dessa cultura de medalhas e nacionalismos, ir à guerra é suficiente para se converter em um herói, ainda mais se regressar feito pó em um cofrinho lacrado com as cores da bandeira. Nunca entrei nesse campo semeado por cruzes, mas vontade não me falta. O que me atrai, além da sinistra beleza das tumbas, dessa indiferença final, quase altiva, com que permanecem ali, é a história resumida de cada vida. Imaginemos que um soldado nasceu em 5 de abril de 1995 e que teve de se alistar no front em 2013, durante uma das piores quadraturas entre Saturno e Plutão, seguramente seguindo o instinto de uma personalidade impulsiva, incapaz de encontrar paz na contemplação, e que seu corpo explodiu com uma granada nesse mesmo ano, quando Urano estava em uma conjunção terrível com sua Lua natal. O que eu calcularia com o código das estrelas é isso. A marca de um destino, sua equação mais sutil, o início da alma e a forma como se arqueia até o fim, numa queda hipnotizada até a oitava casa. O resto, as desilusões e o amor, ou o vício nessas drogas de guerra às quais os submetem e que certamente antes precisaram de sujeitos prospectivos como Joaquín, suas piadas de humor sombrio, seus pesadelos ou desejos súbitos, essas coisas que dão forma aos fantasmas, nisso nem me meto. Meu saber não dá conta de tanto. A *teoria das estrelas*, como diz Ptolomeu, demandaria toda minha existência. Que os heróis durmam em paz.

No hospital, de fato, Joaquín preenche muitos formulários. No entanto, não nos fazem esperar como os demais. Se isso fosse um hotel ou um aeroporto ou, ainda, a antessala do purgatório, diriam que somos hóspedes VIP. Nos dão autorização para ir direto às salas de laboratório, na ala de *Prospective subjects*, aonde chegamos exaustos depois de percorrer corredores, jardins, elevadores, bosquezinhos decorativos, corredores de novo e amplos saguões. Ainda que Joaquín diga que pode permanecer sentado ou parado, o obrigam a se deitar em uma maca asséptica – sabemos disso porque puxam um plástico que a cobre por inteiro, e de mim exigem que use uma máscara. A vista do quarto é linda, dá para um braço do *Cayuga Lake*. A luz dos postes cintila na água. Joaquín e eu ficamos enfeitiçados por um homem que pesca com uma paciência infinita. Os pescadores noturnos são comuns nessa parte do mundo.

Chegam dois médicos que Joaquín cumprimenta como se fossem seus primos ou velhos companheiros de doutorado. No entanto, eles não tiram nem as luvas nem a máscara quando dão a mão para o meu marido. Um fala inglês, o outro passa para o espanhol.

Como anda essa tese, hein? Queremos você logo na equipe.

Também me cumprimentam, e pedem, com uma amabilidade semelhante à culpa, que espere do lado de fora.

Digo a eles, não sei com que arrogância, que prefiro ficar, e eles têm a decência de assentir.

No fim das contas, Joaquín é a outra metade de mim. Neste exato instante, enquanto fazem punções em suas costas já totalmente tomadas pelo hematoma irracional, posso sentir no meu próprio corpo, nos rins, o ardor das células que empatizam com as dele, tanto nos bons quanto nos maus momentos.

Tem certeza de que não foi uma batida?

Não, não.

Are you completely sure?

Totalmente, totalmente, não... Não tenho como estar. Qualquer coisa abre a minha pele agora. É como se o meu sangue estivesse pronto pra se aglutinar. Na Bolívia chamamos essas coisas de "moretes", Joaquín sorri buscando meu olhar. Eu também sorrio para ele, por baixo da desnecessária máscara.

É um quadro de hipersensibilidade volêmica, o mínimo esbarrão pode causar...

Equimose. *Of course*, essa é uma possibilidade.

Mas não é grave. Falem em voz alta pra não preocupar a minha mulher.

Os médicos não dizem nada. Guardam os tubos com o sangue negro de Joaquín e dizem que vão voltar com exames clínicos.

Joaquín e eu ficamos sozinhos de novo. Me aproximo da janela para procurar a tranquilidade do Cayuga.

Com certeza vão me dar um pagamento extra por isso, diz.

Olho atentamente para seu rosto para saber se está brincando. Não está. Mas há um gesto ou uma fagulha desesperada em seu olhar, na forma como ergue as sobrancelhas.

Um pagamento extra? Você não disse que assinou sei lá que cláusula pra evitar processos?

Sim. A 27, e um reconhecimento do Princípio de Não Maleficência, algo de todo modo questionável. Eu aceitei tudo. E justamente por isso agora me tornei o sujeito prospectivo mais apetecível.

Sério?, ouço meu próprio tom de voz quando se torna agudo por causa da impotência. Com a língua acaricio o céu da boca, isso me acalma.

Sim. Quando eles voltarem você vai ver.

Mas os médicos demoram um par de horas para vir. Na espera, Joaquín e eu decidimos que, assim que sairmos dessa, com o dinheiro curador que nos darão, vamos comprar imediatamente passagens para a Bolívia, não importa que tudo tenha mudado lá, não importa que, como minha irmã diz, os amigos tenham ficado estranhos e o estupor e a fúria pairem sobre todas as conversas. Iremos.

Precisamos fazer mais exames, explicam. Você vai ter que ficar uns dias aqui, mas claro que serão dias cobertos economicamente pelo experimento.

O mesmo tipo de pagamento da primeira fase?

Same conditions.

Então, não.

Como não?, o médico faz o gesto instintivo de abaixar a máscara, mas se detém.

Vocês têm que me pagar o dobro. Senão vou procurar atendimento hospitalar por conta própria.

Os médicos me olham esperando que eu faça Joaquín cair em si. Da minha parte, olho novamente para Joaquín e o que vejo é um homem cheio de inteligência, de projetos científicos, um homem à mercê desse sangue revolvido que agora sobe por sua nuca, já tingindo de púrpura a pele que forra sua primeira vértebra. Um sangue descontrolado que sabe-se lá o que vai fazer quando terminar de cobrir seu crânio.

Paguem o dobro pra ele ou vamos embora, digo. Poderia completar: E vamos levar o corpo de Joaquín a quem oferecer uma proposta melhor. Mas quem se permite um arroubo a mais numa noite já tão absurda?

Joaquín assina muitos documentos, e me fazem assinar um no qual me comprometo a deixar que a equipe de pesquisa fique com o corpo do meu marido caso ele morra durante a fase X. Vão me dar muito dinheiro se isso acontecer. Quase não têm sujeitos na fase X. Essa fase já não tem número. Pertence àquele tipo de registro que usavam na série *Arquivo X*.

Para me despedir de Joaquín, me obrigam a usar um traje

antibacteriano. Não fica devendo nada aos *jumpers* com que os astronautas se lançam ao espaço, alegremente cegados pela ambição sagitariana dos viajantes, cheios da felicidade valente que apenas Áries em seus primeiros graus pode dar a um nativo. Avanço com meu traje e me abraço a Joaquín, que agora veste aqueles aventais humilhantes dos hospitais. Sinto seus músculos e a intimidade de seu esqueleto como na névoa de um sonho.

Se eu morrer, me resgata, diz meu marido com os olhos úmidos.

Eu o aperto contra meu traje asséptico, e preciso prometer:

Te juro. Se você morrer, vou vir te pegar.

Chego à cabana ao amanhecer. Rasgo o maldito tule da janela do living e o coloco na boca. Não sei por que faço isso. Deve ser porque quero castigar minha cegueira netuniana, minha falta de tino para aconselhar Joaquín. Tudo estava tão bem com aquele Júpiter ótimo em conjunção com seu ascendente. Mas eu não sabia que Júpiter é também a desmesura, a inflamação, o excesso, a glória fugaz, a inundação, a luxúria infinita, a gargalhada e o brilho, a estrela espontânea, a festa cósmica? Não é essa, por acaso, a primeira miragem da morte?

Saio para a plantação e caminho rápido, perseguida por mim mesma, até o vulto.

Ali está. Ali está ela. Não me deixou sozinha.

Afasto a neve de suas ancas e a cubro com o tule. Seu corpo aberto já não abriga vermes. É quase uma cova na qual eu mesma poderia caber.

Fico de joelhos, tento rezar algo, mas não sai. Não me lembro. Estou invadida por outras coisas. Então, pouco a pouco, chega a mim a oração de Ptolomeu.

Escuta isso, cerva. É pra você:

"Bem sei que sou mortal, uma criatura de um dia. Mas minha mente segue os sinuosos caminhos das estrelas. Então meus pés já não pisam a Terra, mas ao lado do próprio Zeus me farto de ambrosia, o manjar divino".

Repito a oração muitas vezes para que a neve, tão surda e metódica, também ouça, para que as cataratas escutem, para que com minha voz se rompam os *Finger Lakes*, para que venham os cervos órfãos, para que o saibam os caçadores e os médicos, para que as árvores artríticas tremam, para que a culpa e a raiva não me afoguem.

DA REZA E DA RUÍNA
POSFÁCIO | PALOMA FRANCA AMORIM

Há certo constrangimento em se falar da morte na modernidade. Nos limites disso que creio estar a moralização do rito mortuário, falar da morte sem o peso das representações cristãs, lamuriosas, sacrificiosas, soa pecaminoso, alçando o estado fúnebre a uma posição quase tão marginalizada quanto aquela relegada à discussão sobre desejo e sexualidade.

Sim, há certa consonância entre erotismo e morte enquanto linguagem, profundamente interpretada pela psicanálise e demais estudos das nossas dimensões subjetivas. O afastamento do erotismo e da morte (ou melhor: da morte como tema erótico) de nossa vida social constitui um dos mais pesarosos contextos culturais possíveis: a sensação de que nosso grupo humano, esse: cristão, ocidentalizado, objetificado por inúmeros sistemas de produção da desigualdade, simbolicamente não está suscetível à morte, porque é substituível como classe explorada, ou é perpetuável como classe dominante, através de eixos familiares e sustentabilidade econômica.

A cisão entre corpo e alma, tão investigada pelas apreensões pós-socráticas do pensamento clássico e pela doutrina cristã, também reitera a ideia de imortalidade do ser. No entanto, outras centralidades étnicas e culturais se ocupam da morte à luz de saberes diferentes, de modo a inserir – digamos – uma prática mortuária nos limites da própria vida e não apartada dela.

Há ritos comunitários como, por exemplo, os dos Guaranis e Kaiowás, localizados no Mato Grosso do Sul, que dizem da morte em termos territoriais: o corpo do morto é corpo-lugar, antes de ser vestígio material é caminho coletivo e precisa ser honrado como memória política de um povo. Nesse sentido, a morte – ainda que traiçoeira, vil, cruel – não se encerra no significado da finalização da existência.

A morte é a extensão da vida pelas bordas, por onde a vida escorre e se liquefaz, situa-se no ponto onde a linguagem, ousada e obscenamente, tem espaço para ampliar seus tentáculos. Este livro de Giovanna Rivero me traz essa compreensão indecorosa sobre o tema. Ao lermos o conjunto dos seis contos que compõem *Terra fresca da sua tumba*, divagamos por poderosas imagens que põem em xeque tudo o que é movido racional e moralmente para nomear hipócrita e dignamente o mistério do fim.

Dona de uma voz narrativa extremamente fotográfica e territorial – seus contos são planícies, zonas montanhosas, largas escalas oceânicas, sobrevoos de drones –, Giovanna compõe cenários e situações dos quais um estado perene de morbidez se alimenta em nuances controversas: é macabro, mas também é fantástico, é melancólico e ao mesmo tempo é carregado de insuspeita alegria.

Nesses jogos de oposição, a autora tece sudários e enreda os leitores, tragando-nos para uma experiência de um mosaico de relações, ações e materialidades capazes de nos apresentar efeitos aterradores e que aprofundam em diversidade as percepções que conhecemos do luto, da perda, do assassínio, do erro humano e da falha trágica.

São imagens como *cemitérios inteiros no coração* e *uma senhora que cheirava à carne em decomposição* que nos convidam à travessia por uma estética da reza e da ruína na qual as manifestações do etéreo pós-vida são trilha, ora irônica, ora violenta, que não chega a um lugar exato, mas chega. Chega e faz caminhar. É formada por ladrilhos precisos, de uma sinuosa exatidão geológica, *sangue matemático*, dobradura feita de luz e sombra.

Eu, que gosto de pensar a finitude e a transcendência humanas na literatura, talvez tanto quanto Giovanna (seu texto me pegou pelas pernas e braços como uma insondável força mística de sonho ou pesadelo), tenho a impressão que este livro contribui para o alargamento de um imaginário contemporâneo que rompe a conexão entre tabu e morte, libertando nossa sensibilidade das amarras melodramáticas e amedrontadas que se fazem teses imutáveis a respeito da existência e seus segredos, pois, afinal, de acordo com Giovanna, existe um princípio cíclico capaz de potencializar o movimento de renascença pelo desfecho, um brotamento espantoso e delicado da *terra que ressuscita a terra*.

Nascida em Belém do Pará, **PALOMA FRANCA AMORIM** é escritora, professora e artista plástica. Autora dos livros *Eu preferia ter perdido um olho* e *O oito*.

@editoraincompleta
www.incompleta.com.br
editora@incompleta.com.br

@editorajandaira
www.editorajandaira.com.br
atendimento@editorajandaira.com.br
(11) 3062-7909

Impressão e acabamento: gráfica Maistype
Tiragem: 2000 exemplares
Papel: Pólen | Fontes: Flama e Rosario
São Paulo, março de 2021.